氷純
Hisumi

Illustrator
どぅーゆー
Doyou

# 千早ちゃんの評判に深刻なエラー

ERROR

Chihayachan no hyoban ni shinkoku na

千早はサイコロンの脚や腕をワイヤーに引っ掛け、中に詰めた手榴弾のピンを抜いてすぐにワイヤーの巻き取り機を起動した。　高速で巻き取られたワイヤーに引かれて、爆発物を詰められた腕と脚が空に弧を描く。所属クランと自分の存亡をかけて、数百、数千万円の機体で乱戦を行う戦場のアクターたちの誰が予想しただろうか。　あの無力な囮のオールラウンダーが戦場に戻ってきて混沌の雨を降らせることなど。

「着弾。次弾、装填。ゴー、ふひひひっ」

千早には戦場の様子は分からない。

ただ、予測位置付近で手榴弾が派手に爆発したことだけは、音で分かる。

# ERROR

Chihayachan n
hyoban ni shink

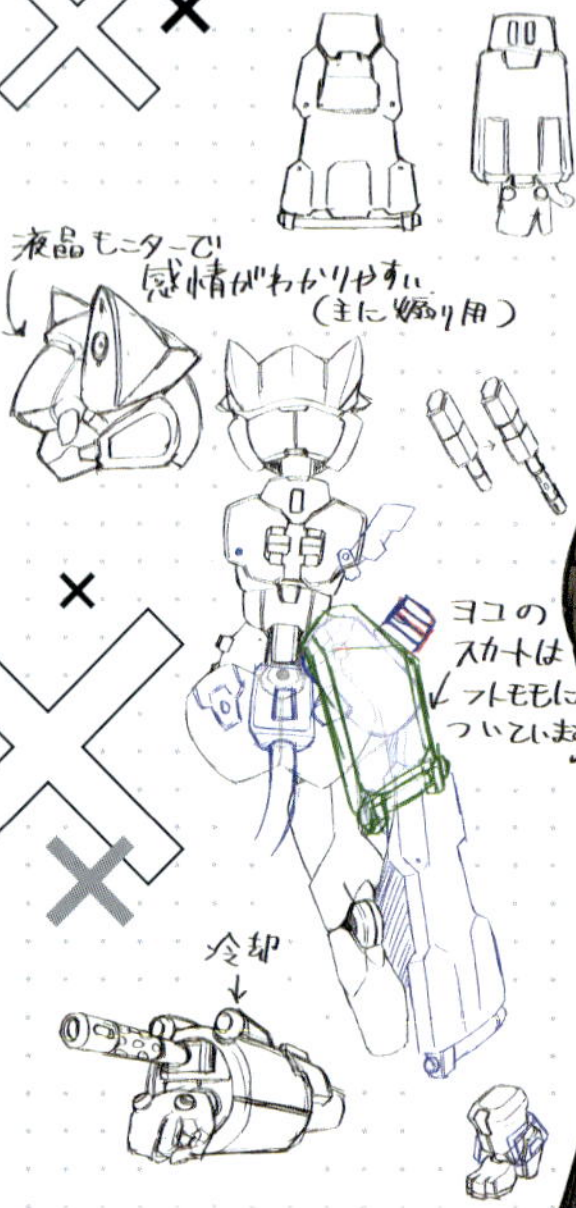

## トリガーハッピー

猫耳カチューシャ型集音機、広袖メイド服型の装甲、

尻尾風の受信機。個性的な見た目のオーダーメイド機体。

スカート型の装甲は機体の安定性を高め

脚部の特殊構造とあわせることにより、

並のスプリンター系を凌ぐ機動性を確保。

袖に仕込まれた重機関銃『トドロキ』は、

重ラウンダー系を凌駕する性能を誇る。

一般的なアクタノイドの類型とは一線を画す謎のアクタノイド。

# プロローグ

暖かいというよりも暑いというべき強い日差しが道路を焼いている。そんな夏の初め。

兎吹《うぶき》千早《ちはや》は冷房の効いた地下室で柔軟体操をしていた。

「観測史上、最高気温かぁ」

ネットニュースの見出しに、千早《ちはや》は呟《つぶや》く。引きこもりの自分にはあまり関係がない話だと半ば読み飛ばしていた。

外の天気よりも、自分のことで精いっぱいなのが本音だった。

柔軟体操を終えた千早《ちはや》は深呼吸をした後、意を決して目の前のメインモニターを見る。

人型建設機械アクタノイドの一種、オールラウンダーが捉えた視界が映し出されている。暗い洞窟と差し込む陽《ひ》の光、そして――分解されたアクタノイドの手脚。

野生動物が獲物だと勘違いして巣穴にまで引きずってきたものの、金属の塊でしかないアクタノイドを食べることができなかった。そんな流れが見える光景だ。

つまり、ここはアクタノイドを倒してしまうような凶暴な獣の縄張りということになる。

「何度見ても怖い……」

アクタノイドは非常に高価な機械だ。千早《ちはや》が使っている比較的安いオールラウンダーですら二百万円の本体価格となる。利益もないのに獣と闘って破損させたくはない。

機械である以上、どうしても駆動音が出てしまうため、巣穴にいるかもしれない獣の注意を引かないように木陰に隠れ、千早《ちはや》はいつでも逃げ出せるように柔軟体操をしていた。

アクタノイドはモーションキャプチャーで操作する。アクターと呼ばれる操作技師の身体能力はアクタノイドに直接影響するのだ。

獣が巣穴を出て遠くに行ったタイミングで逃げ出すつもりだが、その土壇場《どたんば》で足を攣《つ》ったりしたら目も当てられない事態になってしまう。

「いつでも、でてこい……」

緊張を和らげるため、傍《かたわ》らに置いていた軽食用の果物グミを食べる。

空調の利《き》いたアクタールームにいる千早《ちはや》は長時間の待機もさほど苦にならない。ただひたすらにその時を待ち続ける。

待つこと一時間、巣穴からそいつは現れた。

「タコ？」

泥を纏《まと》った巨大なタコだった。ドロダコと呼ばれるそのタコは四メートルほどの腕で地面を這《は》い進《すす》む。横一文字の黒目はどこを見ているのかも分からない。

日差しの強さを調べるように日光にかざされた腕には吸盤もあったが、一つ一つが直径十センチ以上ある。吸盤の一つ一つにスパイクのような棘《とげ》がついており、これで地面をしっかりと捉えて這《は》い進《すす》んだり、獲物をつかんで放さない。

日中はもっぱら洞窟で休み、気温が下がって乾燥を防げる夜間に活動する地上性の巨大タコ。ちょっと珍しい生き物だが、そんなに足が速そうには見えない。

これなら逃げきれるのでは？

そう思った千早《ちはや》はオールラウンダーを操作して急速離脱を図ろうとして、背後からドロダコが正確に投げつけてきた石に頭部を破壊されて悲鳴を上げる。

「なんでぇ⁉」

ドロダコは決して速い生き物ではない。だが、全身が筋肉でできていながら知能の高い生き物だ。平気で道具を使いこなし、アクタノイドから奪った手榴弾《しゅりゅうだん》をピンを抜いたうえで投げてきたとの報告もあるほど、知能も投擲《とうてき》能力も高い。

ドロダコの投擲《とうてき》で何より恐ろしいのは正確さと威力だ。獲物に追いつけないなら射程を延ばすという進化で生態系の上位に食い込んでいる。

むやみに背を向けるのではなく遮蔽物を利用して間合いから逃げ出すか、頭部に無数の銃弾を叩《たた》きこんで倒すのが正しい対処法である。

アクター歴一か月とちょっとの素人《しろうと》の千早《ちはや》はそんなセオリーを知らない。

だが、一撃で頭部を破壊する投擲《とうてき》の威力と正確さは思い知った。

頭部を破壊された衝撃で地面に倒れ込んだオールラウンダーが自動で立ち上がろうとする。

しかし、千早《ちはや》は慌てて動作に待ったをかけ、左腕を正面に思い切り突き出した。

モーションキャプチャーで千早《ちはや》の動きを読み取ったオールラウンダーが地面を強く左腕で押す。バランスを崩して右へ地面を転がるオールラウンダーの左側をかすめるように石が飛んできて地面にめり込んだ。

ドロダコの追撃である。

地面を転がって木の裏に避難したオールラウンダーに、千早《ちはや》は涙目で次の指示を出す。

右手で取り出したのは手榴弾《しゅりゅうだん》。この一か月ですっかり慣れた動作で安全ピンを抜き、寝転がったままのオールラウンダーは手榴弾《しゅりゅうだん》をドロダコのすぐそばに転がした。

ちょうどいい投擲物《とうてきぶつ》だと思ったか、ドロダコが手榴弾《しゅりゅうだん》をその触手で持ち上げる。

ドロダコが手榴弾《しゅりゅうだん》を投げ返そうと触手を振りかぶった瞬間、手榴弾《しゅりゅうだん》が爆発する。至近距離で爆発を受けたドロダコは触手を数本まとめて吹き飛ばされ、赤い血が噴き出した。

即座に、千早《ちはや》はオールラウンダーに突撃銃ブレイクスルーの引き金を引かせる。フルオートで連射された弾丸がドロダコを強襲し無数の穴を穿《うが》つ。

生命力の高い生き物なので念入りに銃撃を加えて絶命させて、千早《ちはや》はようやく息をついた。

「ふっへっげほっ」

緊張から不気味な笑い声を上げかけたが、呼吸を忘れていたせいでむせる。

呼吸を整えてから、千早《ちはや》はドロダコの死骸を見下ろした。

ピクリとも動かず、赤い血だけが地面へと流れていく。

「……タコなのに血が赤い」

半ば現実逃避に地球のタコとの違いを発見して、千早《ちはや》はため息をついた。

「結局また戦闘になっちゃった……なんでぇ……？」

千早《ちはや》は戦闘が嫌いだ。

扱っているアクタノイドがそもそも高級品で、壊す可能性が高い戦闘は極力避けたい。引きこもりのコミュ障で他者との衝突はおろか接触すら避けてきた千早《ちはや》にとって、悪意と害意と殺意のやり取りなど心臓に悪くて仕方がない。

「ふへっ」

なにより、これでまたアクター向け仕事アプリ、アクターズクエストにおける千早《ちはや》の評価に戦闘向きのレッテルが張られてしまう。

「また戦闘依頼の優先順位が上がっちゃう。やだなぁ」

涙目で呟《つぶや》きつつ、千早《ちはや》はオールラウンダーの損傷確認を終える。

せめて損害をできる限り埋め合わせようと、ドロダコに壊されてしまったらしい被害者のアクタノイドを回収する。使える部品を売却するだけでもいいお値段になるのだ。

オールラウンダーを操作してガレージと呼ばれる拠点へ向かう。道中、別のアクタノイドとすれ違いざまに内蔵スピーカーで「お疲れ様です。今度はいいことありますよ」と慰められた。

そんな優しさにもまともに返事が出来ず「うへへ」とぺこぺこ頭を下げるのがコミュ障という生き物。ボイスチェンジャー由来の不気味な合成音声で奇妙な笑い声を上げつつ頭部が破壊された人型機械が何度も腰を折る異様な光景が出来上がった。

「いや、ごめん、きも」

ドン引きした相手アクターの声が内蔵スピーカー越しに聞こえ、アクタノイドは全速力でどこかへ走っていく。

鋭い言葉のナイフが刺さって痛みを訴える胸を押さえ、千早《ちはや》は涙を浮かべる。

「な、なんでぇ……」

いつもこうなる。それが余計に千早《ちはや》のコミュ障を悪化させる。

とぼとぼとガレージに帰還した千早《ちはや》のオールラウンダーはそのまま修理場へと案内された。破損状態を調査した後、修理費が請求されるはずだ。

オールラウンダーとの接続を切った千早《ちはや》はモーションキャプチャー用の機材を外しながらどんよりと落ち込んでいた。

「……がんばってるのに」

曜日も関係なく毎日のように働いて、千早《ちはや》は頑張っているつもりだった。実際、労働時間は他のアクターと比べても長い方だ。引きこもり故に他にすることもないというのが大きい。

これだけ努力をしているんだから、なにかご褒美《ほうび》があってもいいはずだ。良《い》いことがあって

もいいはずだと、千早《ちはや》はしゃがんで膝を抱えて唇をキュッと引き結んだ。

スマホが着信を告げる。

修理費の請求額は黒字だった。一瞬目を疑うが、明細書を見てみると持ち込んだ別のアクタノイドの部品の売却金で修理費が相殺《そうさい》され、黒字になっていた。

「十万円……」

これに今回の依頼の報酬が加わることを考えると。高校卒業したばかりの千早《ちはや》の一日の稼ぎとしては大金だ。

稼ぎはいい。報われていないだけで。そもそも、引きこもりはあまりお金がかからない。

そこまで考えて、千早《ちはや》はふと思いつく。

「ヤケ酒、しよう……！」

社会の荒波にもまれた社会人が不満と愚痴を垂れ流すというヤケ酒。千早《ちはや》も今や社会人だ。垂れ流したい愚痴ならこの一か月で随分とため込んだ。

どうせこの十万円も臨時収入だ。ぱっと使ってしまえばいい。

千早《ちはや》は立ち上がり、地下のアクタールームを出て階段を駆け上がる。

素早く目立たない服へと着替えた千早《ちはや》は黒いキャップを深々と被《かぶ》り、外の気配に耳を澄ませて人通りがないことを確認したうえでそろりそろりと家を出た。

買いに行くのだ。ヤケ酒を。

二十歳になってないから、ノンアルコールを。

社会人《おとな》になるぞと意気込む千早《ちはや》の受難はこれからだ。

※

新界化学産業代表、能化《のうか》ココはメールで送られてきた大容量のファイルに目を通していた。

新界化学産業も参加する新興企業グループ、シトロサイエンスグループから送られてきたそのファイルは、現在の新界において注目されている動植物や新技術、研究論文の他、注意するべきアクターや野生動物なども記載されている情報誌のようなものだ。

面白い情報も多く載っているこのファイルを楽しく読んでいた能化《のうか》ココだったが、注意すべきアクターの項目を見て表情を曇らせる。

「……ボマー」

傘下《さんか》企業すべてに届くこのファイルにアカウント名は記載されていない。外部に流出すればボマー本人から名誉棄損や営業妨害として訴えられかねないからだ。

だが、能化《のうか》ココはボマーのアカウントを知っている。何を隠そう、シトロサイエンスグループ上層部にボマーの情報を提供したのが能化《のうか》ココ自身だからだ。

ボマーは非常に危険な劇場型戦争屋だ。新界において戦闘を引き起こして自身の利益を確保する傭兵《ようへい》のようなアクターでありながら、爆発物を多用し自機の破損からくる赤字を怖《おそ》れる様子もない。戦場で暴れて目立つことを目標にしているような、危険人物。

能化《のうか》ココがボマーを知ったのは一か月ほど前のこと。

新界化学産業が有する仮設ガレージがアクタノイド集団に襲撃された際、包囲網に単機で穴をあけて戦況を一変させたのがボマーだ。そこに至る過程のせいで賠償金や口止め料込みの多大な金銭を支払うことになった。

能化《のうか》ココが提供したボマーについての情報はあの一件だけのはずだが――

「シトロサイエンスグループの調査能力は流石《さすが》ですね」

ファイルには能化《のうか》ココの一件だけでなくこの一か月におけるボマーの動向も書かれていた。ボマーのアカウントはほぼすべての情報が非公開であるため、どんな依頼を受けてどこへ行ったのかは分からない。だが、シトロサイエンスグループや繋《つな》がりが深い企業に度々鹵獲《ろかく》したアクタノイドを売却している。

その数、七機。ソロアクターの鹵獲《ろかく》機体数としては若干多い方という程度にとどまる。しかし、破損状況が特殊なものがあった。

超至近距離で胴体に手榴弾《しゆりゆうだん》を受けた機体や、おそらくは戦闘終了後に機体内部に仕掛けられた爆発物で吹き飛ばされた機体など、まともな戦闘ではありえない破損状況の機体があるのだ。しかも、ボマーが使用する貸出機の標準装備である突撃銃の弾とは合致しない弾痕が見られたり、銃弾を一切受けていない機体まである。

アクタノイドでの戦闘は銃器での撃ち合いが主流だ。手榴弾《しゅりゅうだん》が届く距離まで近づくのがまず困難で、仮に届いたとしても銃でハチの巣にする方が売却時の査定での減額が少ない。

――これらのことから爆発物の使用に何らかの強いこだわりがある人物と推定される。

締めの一文に内心で同意しながらも、能化《のうか》ココは天井を仰いだ。

「いまひとつ、危険性を理解してもらえてない気がしますけど……」

爆発物を主体に戦い高額な金銭を要求される可能性がある、だが非常に腕の立つアクターという評価が読み取れる。敵対勢力に参加していたら要注意、味方になれば心強い。そう行間に書かれている。

だが、能化《のうか》ココの意見は違う。

「ボマーに協調性なんてない。味方にはなりえない」

シトロサイエンスグループ内で真の意味でボマーの危険性に気付いているのは自分だけかと、落胆する気持ちはある。

だが、実際に関わらなければ分からない感覚かも知れない。

自分にできるのはグループが不用意にボマーに関わって大火傷《おおやけど》しないよう目を光らせることくらいだ。

ただ、気になる情報もあった。

ネット掲示板にてボマーの噂話《うわさばなし》を拡散している何者かがいるとの推測だ。

実際に、要注意アクターの情報が集まっている掲示板にボマーと遭遇したとの情報がいくつか書き込まれている。

しかし、書き込み内容がどうにも胡散臭《うさんくさ》い。

「……いえ、きな臭いというべきですか」

書き込み内容を見る限り、裁判沙汰にならないように情報をぼかしている風を装《よそお》っている。

なぜ装《よそお》っているかといえば、情報の真偽をあえてぼかすことでボマーによる被害ではなくボマーという存在そのものに目を向けさせるためだろう。書き込み主がボマーのアカウントにまで辿《たど》り着《つ》いているかは分からないが、ボマーの悪事を知らしめたいという考えでの書き込みとしては被害情報をぼかし過ぎている。

「まるで、ボマーを目立たせたいかのような……。劇場型犯罪者の傾向があるボマーなら本人が犯行声明のような目的で書き込むこともあるでしょうけど……それとも、そう思わせる何者かのネット工作？」

仮に工作だとすれば、何か目的がある。ボマーを隠《かく》れ蓑《みの》にして悪事を働くか、ボマーを囮《おとり》に何かを達成するか。

情報が足りていない。しかし、ボマーの危険性を正しく認識しているのは自分だけ。シトロサイエンスグループを頼れない。

能化《のうか》ココは思考を中断して深呼吸する。ボマー周辺の情報に踊らされていると気付いたのだ。自分は警察でも探偵でも情報屋でもなく、一企業の社長だ。その使命は会社の発展や従業員の生活の安定と技術向上であって、ボマー周辺の情報収集ではない。

「きっと、ボマーに恐怖してしまっているのでしょうね。冷静になりましょう」

自分に言い聞かせて、気分転換を図るため社内メールを読み始めた能化《のうか》ココはすぐに不安を吐き出すようなため息をついた。

新界における別勢力の動きを監視する部下からのメールに不穏なことが書かれていたのだ。

『所属不明のオーダー系アクタノイド野武士により、民間クランがっつり狩猟部に被害』

詳細は調査中とのことだが、これ以上の情報は出てこないだろう。

クランと呼ばれるアクター集団の中でもがっつり狩猟部は散開戦術と狙撃や追跡に長《た》けている。戦闘能力は国内クランの中でもトップスリーに入る実力者集団だ。

主に新界の動物を相手にする活動内容のため、アクターの事情を知らない世間からはそれほど強いとは思われていない。

だが、新界に関わる者ならばがっつり狩猟部の高い実力を肌感覚で理解している。

元々、地球世界とは異なる異世界、新界との間には通信ラグが存在する。一秒に満たないその時間差が生み出す戦闘の不利は計り知れない。

がっつり狩猟部はその時間差という圧倒的な不利を抱えながらラグなど関係ない新界の凶暴

な動物を相手にしている。危険予測と状況判断の正確性、即応能力が他のクランとは一線を画している強力な戦闘集団なのだ。

　そのがっつり狩猟部がオーダー系アクタノイド相手とはいえ奇襲を受けて被害を出した。犯人のオーダー系アクタノイド《野武士》が新界化学産業に牙をむけば、対応できるとは思えない。こういう事態を想定して新界化学産業も独自に企業クランを立ち上げてはいるが、まだ訓練中だ。タイミングが悪い。

　劇場型愉快犯の戦争屋ボマーだけでも大変だというのに、所属不明のオーダー系アクタノイド野武士まで加わって、いまや新界の情勢は混沌《こんとん》へと向かっている。

　新界化学産業のような小規模な会社ではとても、この混沌《こんとん》を生き残れない。

「力をつけないと……」

　単純な武力だけではない。情報という力をつけなくてはならない。

　いざという時に右往左往するなんてもってのほかだ。

　何も知らないままでは世間の流れに翻弄されてすべてを失うのだから。

※

　同じころ、ヤケ酒を買いに行った千早《ちはや》は酔っぱらい女に絡《から》まれていた。

「聞き上手だね、きみー！　大好きかもしれんわー！」

酔っぱらい女の光り輝くような明るい雰囲気に完全に気圧された千早《ちはや》はただ黙って震えているだけなのだが、なぜか聞き上手扱いで気に入られていた。

酔っぱらいの謎テンションによるものか、それとも元から破天荒なのか、名前すら知らない女は千早《ちはや》の肩に手を回して逃げられないようにする。

救いを求めて伏し目がちなまま周囲を見回す千早《ちはや》だが、道行く人に誰も気にする様子がない。注意を向ける数少ない通行人もどこか微笑《ほほえ》ましいものを見るような目を向ける。

酔っぱらった姉を嫌々ながらも介抱する妹か何かに見えているらしい。

酔っぱらい女は特別美人なわけでもないが、纏《まと》っている元気溌剌《はつらつ》な明るい雰囲気が犯罪や迷惑行為とは真逆の属性のため、千早《ちはや》が絡《から》まれているだけの他人だと誰も思いもよらない。

陽キャは得なんだなぁ、と諦めを含む暗い目をしていると、酔っぱらい女はけらけら笑って歩き出した。

「よっしゃ、お姉ちゃんが奢《おご》っちゃう！」

千早《ちはや》にとっては絶望的な申し出だった。

「あ、い、いえ、帰りたくて……」

「遠慮しなくていいって！　そだ、ガールズバー行こう！　うぜぇナンパおっさんと距離取れて、周りは可愛《かわい》い娘ばっかり。防音しっかり個室のとこ知ってるから！　きまりー！」

「うぇ……」

うぜぇナンパなら今まさにお前がやっていると突っ込む勇気が千早《ちはや》にあるはずもない。抗議にも拒否にもならない、はっきりとしない言葉を口からこぼすだけだ。

元気溌剌《はつらつ》なよく通る声を持つその女性の耳に入るはずもない。

ダンスでも踊るように千早《ちはや》の重心を捉えてくるりと進路を変更させ、繁華街へと歩き出す。

何とか逃げ出せないかともがいても、酔っぱらい女の巧みな重心移動の前には無意味だった。

次第に抵抗を諦めて、千早《ちはや》は思考を切り替える。ガールズバーとやらは聞いたことしかないが、夜の陽キャ社会人が群れる場所。陰キャが無策で連れ込まれれば墓場になりかねない。

作戦が必要だ。この酔っぱらいをうまく誘導して目立たない席を取り、お店の人に状況を理解してもらうための言い回しを考え、可能な限り空気に徹して存在感を無くし、あわよくば酔っぱらいを店に置いて一人で帰路につくそんな作戦が。

千早《ちはや》が必死に作戦を練っている間に、繁華街を抜けて歓楽街へと足を踏み入れる。

酔っぱらい女は千早《ちはや》の空返事にも気づかず上機嫌で昼に食べた出前のうな重の話をしていたが、ふと口を閉ざして足を止めた。

「そんでなーっと……あっ、向こうはダメだ。銃声がした」

「へっ？　銃声？」

急に方向転換した酔っぱらい女に引っ張られた直後、進行方向の巨大駐車場で爆発音が響き、オールラウンダーの頭が空高く打ち上がった。

茫然《ぼうぜん》とオールラウンダーの頭を見上げる千早《ちはや》の横で、酔っぱらい女はけらけら笑いながら空を飛ぶ頭を指さす。

「ニンジャ＝サンなんて玩具で遊んでるからだ。銃声は響かせてなんぼだろーがよー。海援《かいえん》重工は美学を分かってないんだよな、マジ。私にお祈りメール送るような企業は滅べやー！」

吹き飛んだオールラウンダーの所属が海援《かいえん》重工である根拠がないのにもかかわらず、確信しているらしい酔っぱらい女。

この事件について何らかの情報を持っているとしか思えなかったが、そんな酔っぱらい女は千早《ちはや》を離すことなく、遠回りでガールズバーがある歓楽街に引きずっていく。

突然の展開に、千早《ちはや》は先ほどまで立てていた作戦も記憶から吹き飛んでいた。

「ナンデェ……」

※

千早《ちはや》はふらふらと、部屋の扉に手をかける。

周囲を確認する気力もないままに鍵を開けて中に入り、外の空気を締め出すような勢いでバタンと扉を閉じた。最後の気力を振り絞ったのだ。

「うぇ……」

気持ち悪い、と口を押さえ、もう片方の手で世界から己を隔離するように扉の鍵をかける。

あの酔っぱらい女にも遵法精神は残っていたらしく、未成年の千早《ちはや》にアルコールを勧めてくることはなかった。

だが、引きこもり陰キャにとって周囲に話し声が飽和する環境は情報量が多すぎる。今回も千早《ちはや》はガールズバーで人混みにがっちり酔っていた。

玄関先で帽子とマスクを外し、壁に寄りかかって座り込む。

「さ、最悪な、夜だった……」

壁に手を当てながらリビングへとたどり着き、千早《ちはや》はカーテンから差し込む光に目を細める。

「朝、じゃん……」

一晩中、あの酔っぱらい女に連れまわされたことになる。

「しかも、結局、誰なの、あの人……」

酔っぱらい女は自己紹介などせずに生まれた時からの幼《おさな》馴染《じみ》のような距離感で千早《ちはや》に接していた。挙句の果てに千早《ちはや》が名乗っていないことにすら気付いていない様子だった。

自室という縄張りに入ったからか、千早《ちはや》の体調は徐々に持ち直してくる。しかし、今さらノンアルコールでヤケ酒をする気力はなく、そもそも買えていない。

「お風呂《ふろ》に、入って、寝る」

こんなこともあろうかと、風呂《ふろ》は洗ってあるのだ。ボタン一つでお湯を張れる環境に感謝しつつ、千早《ちはや》は部屋着に着替えようと寝室に入った。

「本当、誰だったんだろう……」

知り合いではない。あんなに元気溌剌《はつらつ》とした人間は千早《ちはや》の天敵だ。見かけたら脱兎《だつと》のごとく逃げ出してきた。

酔っぱらっていて話していることも支離滅裂だったが、長く一緒に活動してきたアクターが引退して寂しいから深酒していたらしい。そのアクターの名前も話してはいなかった。

邪魔くさい、とばかりにブラを放り投げて肩を回す。シャツを頭からかぶれば、部屋仕様の千早《ちはや》の完成である。

「解放感……」

引きこもりが何を言っているのかと突っ込まれそうな感覚を味わい、千早《ちはや》は着替えを洗濯籠に持って行こうとして、思い出す。

酔っぱらい女に引っ張り込まれたガールズバーを出た後、あの女は〆《しめ》のラーメンなるものをご所望し、例によって千早《ちはや》を捕まえて歓楽街から少し外れたラーメン屋に引っ張り込んだ。

餃子《ぎょうざ》だけを頼んでちまちまと食べていた千早《ちはや》の横で、チャーシュー麺を食べていた酔っぱらい女は、いきなりスマホを取り出すと立ち上がってこう言ったのだ。

「すまん、急な用事ができた。これで払っておいて。またなー」

パッと取り出した一万円札を押し付け、酔っぱらい女は夜明け前の町へと消えていった。

食券式なので先に支払っていることなど、あの酔っぱらい女は忘れていたのだろう。

また会うことがあったら返そうと、千早《ちはや》は一万円札をポケットにねじ込んで店を出てきた。

というわけで、洗濯籠に突っ込もうとした服のポケットから一万円札を取り出した千早《ちはや》は、一緒に入っていた紙が床に落ちたのに気付いた。

「メモ？　なに？」

洗濯籠に服を入れて、千早《ちはや》は紙を拾う。

メモ帳から乱暴に切り取ったらしい切れ端だ。裏返してみると、文字が書いてある。

「……獅蜜寧《ししみつねい》？　名前なの、かな？　あと、パスワード？」

首をかしげて、千早《ちはや》は横目でお風呂《ふろ》の沸き具合を見る。もうしばらくは時間がかかるだろう。

面倒ごとは早めに終わらせておくに限る、と千早《ちはや》はメモ紙をもってリビングのパソコンを起動した。

あの酔っぱらい女はおそらくアクターだ。ならば、この名前らしきもので検索をかければ何かわかるかもしれない。

仮に、この名前のアカウント名があったとしても、酔っぱらい女とは限らないものの、手掛かりにはなるだろう。

パソコンとスマホを使って検索をかける。

スマホではアクターズクエストでアカウント名を検索、さらに過去に発注された依頼のページで該当するアクターによる受注記録がないかも検索した。

「いない、かな？」

受注記録に関しては過去半年分までしか遡れないため、それより前に依頼を完遂していた場合は検索にはヒットしない。

当てが外れたと思いつつ、パソコンで貸出機の履歴を調査する。こちらも外れ。

過去のネットニュースの記事などにも該当する名前はなかった。

「……アクターじゃない？」

千早《ちはや》と同様に本名で登録していないだけかもしれない。

あの酔っぱらい女を外で捜して直接手渡す方が早いかもしれない。

そう思いつつ、千早《ちはや》は悩んだ末にメモ紙を財布の中に忍ばせた。

また出かけた時、それとなくあの酔っぱらい女を捜せばいい。あんなに元気溌剌《はつらつ》な声だ。遠くにいても聞こえるだろう。

自分が滅多に外出しない引きこもりであることは棚に上げる。

千早《ちはや》はお風呂《ふろ》が沸いたと知らせる給湯器に「はーい」と返事をして、パソコンの電源を落とした。

「ころころー」

粘着シートを回す掃除用具で床の細かいゴミを取りつつ、千早《ちはや》は片手でスマホを見ていた。新界資源庁が開発した専用アプリ、アクターズクエストで仕事を探すためだ。

依頼一覧には相変わらずずらりと戦闘が絡《から》む依頼が並んでいる。仮設拠点を作るための害獣駆除など、千早《ちはや》は絶対に受ける気がない。

ふと思い出すのは昨夜目撃した空飛ぶオールラウンダーの頭。新界へ輸送するための洗浄工程を挟んでいないため幾分か安く作られているとはいえ、あの様子では全損している。損害額を想像して千早《ちはや》は思わず身震いした。

「結局、なんだったんだろう……」

ニュースサイトを閲覧しても関連していそうな記事は出ていなかった。隣を歩いていた酔っ払い女ならともかく、千早《ちはや》は一滴もお酒を飲んでいないのだから見間違いとも思えない。

直前に酔っぱらい女が聞いたという銃声も気になるところ。本当に銃声がしたのなら紛れもない発砲事件であり、ニュースにならないはずがない。

「……もみ消された？」

新界事業は多額の金が動く。一般人の千早《ちはや》ですら、一か月とそこらで数百万円のお金が動く場面に何度も立ち会ったし、直接受け取ったこともある。

末端にいるアクターの千早《ちはや》ですら数百万だ。上の方では人の命と天秤《てんびん》にかけられる額が動いていてもおかしくはない。

もし本当にもみ消されているのなら、現場を目撃してしまった千早《ちはや》は――

身震いした千早《ちはや》は深く考えるのをやめて、依頼一覧に意識を戻す。

何度見ても戦闘が絡《から》みそうな依頼ばかりでげんなりするが、そんな中で戦闘を回避できそうな依頼を見つけた。

千早《ちはや》はあまり期待せずに依頼の詳細を表示する。

野生動物に破壊されて通信が途絶した大破アクタノイドの回収依頼だ。害獣駆除などとは違い、回収さえできれば戦闘の必要がない。

しかも回収依頼は輸送車両と護衛で一チームを形成するのが一般的だ。つまり、千早《ちはや》一人で現地に行く必要がなく、戦闘面でも頼りになる味方がいる。

コミュ障の千早《ちはや》にチームワークは厳しいが、他にめぼしい依頼もない。

「ぐぬぬ……」

見知らぬ人とチームワークというだけで心の古傷が痛んだが、千早《ちはや》は苦渋の決断をした。

依頼に応募した千早《ちはや》は、転がしていた粘着テープを片付けてパソコンを起動する。

メモ帳を開き、千早《ちはや》は深呼吸を一つして読み上げ始めた。

「は、はじめましぇ……初めまして――」

準備しておいた自己紹介文を読み上げる練習をしつつ、千早《ちはや》は依頼の開始日に備えた。

そうして迎えた依頼当日、千早《ちはや》は読み上げソフトに自己紹介を丸投げしてチームメンバーをドン引きさせてから、依頼を開始した。

輸送車の荷台に貸出機のオールラウンダーを乗り込ませ、膝を抱えて丸くなる省スペース体勢で駐機させる。

千早《ちはや》のオールラウンダーに続いて、重ラウンダー系アクタノイド重甲兜《じゆうこうかぶと》が乗り込んできた。

大手アクタノイド開発会社、海援《かいえん》重工製の機体だ。

頭部にあるカブトムシに似た受信用の角が名称の由来になっており、分厚い装甲で非常に防御性能が高い。また、重量級故に反動も気にせず重火器を使用でき、積載重量もぴか一。

今回は大破した機体を車両まで運搬する役が必要なので、その積載量は心強い。何度も往復して機体を回収する必要がなくなれば、その分危険な野生動物と遭遇する可能性が減る。

続いて乗り込んだのはスプリンター系アクタノイド、リーフスプリンター。

脚部が三枚の板ばねになっている特徴的な構造の高速機体だ。この板バネの反発力で平地では時速250キロメートル、垂直飛び7メートルの高機動を実現している。

機動力が高いものの構造上その重心が上半身にあるため転倒しやすく、操作が難しい機体だ。

今回は回収予定のアクタノイドを捜索したり、野生動物の襲撃を警戒し、いち早く討伐するか足止めをする役回りになる。

最後に運転席へランノイド系フサリアが乗り込んだ。

ランノイド系は通信環境の維持と高品質化を行う機体の総称でフサリアも同様の役回りを持つのが一般的だ。精密機械なので銃器の反動でも内部機器が壊れかねず、戦闘には参加しない。

しかし、運転席に乗り込んだフサリアはところどころ塗装が剝げた歴戦の機体だった。アクター個人が所有しているのか、大幅な改造が施されている。

輸送車が動き出し、ブリーフィングが始まった。

「今回は野生動物の縄張りに入って大破したアクタノイドの回収を行います。対象の機体は軽ラウンダー系サイコロンが二機とランノイド系ジャッカロープが一機です。通信が途絶したポイントはここ」

相談のうえでチームリーダーになったランノイド系フサリアを操作するアクターが渋カッコイイ声で説明し、チャットルームに回収予定地点を赤く囲んだ地図を貼った。

「依頼人によれば、アクタノイドを襲撃したのはドロダコです」

あれかぁ、と千早《ちはや》は先日遭遇した地上徘徊《はいかい》性のタコを思い出して嫌な顔をする。

「現場周辺は川が流れた跡があったとのことです。川原石を投擲《とうてき》してくる可能性が高いため、遮蔽物をうまく利用してください。機体の回収は投擲《とうてき》程度ではびくともしない重甲兜《じゅうこうかぶと》に一任し、他は周辺警戒を行います」

　意見を募る間を挟んで、反対意見がないのを確認したフサリアは続ける。

「川に水の流れが復活していた場合、予定地点から下流へと機体が流されている可能性があります。鉄砲水と投擲《とうてき》に注意する必要があるため、川には出ず、面倒でも森の中を進みます。その際には、オールラウンダーにフサリアの進路を確保してもらいたい」

　役割を振られた千早《ちはや》は思わず背筋を伸ばし、ボイスチャットではなく文字チャット欄に了解と打ち込んだ。

　わずかに戸惑うような空気がスピーカー越しに伝わってきた。

「……マイク、買った方がいいと思うぜ？」

　ボソッと重甲兜《じゅうこうかぶと》のアクターが助言してくれた。自己紹介を読み上げソフトに頼ったこともあって、千早《ちはや》のマイクが壊れているかそもそも存在していないと思ったらしい。

　千早《ちはや》はちらりと新品同然のマイクを見たが、何も言わなかった。

　車両に揺られるモニターを見もせずにスマホゲームで遊ぶこと四時間とちょっと。ようやく着いた現場は背の低い山々を背負う青々とした原生林だった。

　コケとツタに覆われた大木の幹にバレーボールくらいの直径の蛾《が》が止まっている。遠隔で操作している千早《ちはや》には体感できないが、現場は蒸し暑そうだ。

　乾燥を嫌うドロダコの住処《すみか》らしい好環境で、精密機械のアクタノイドにとっては熱暴走の危険がある悪環境である。

機体の状態を見ながら進んだほうがいいと判断して、千早《ちはや》は予備画面を確認する。機体温度はまだ適正だが、空調が利《き》いた輸送車から出たばかりなのだから当然だ。

重量級なせいで電力消費が多い重甲兜《じゆうこうかぶと》の予備バッテリーを輸送車両から下ろす。この中ではベテランのフサリアが予備バッテリーを自ら持ってくれた。

「戦闘には参加できないので、これくらいの荷物持ちはやりましょう」

即席チームとはいえリーダーが荷物持ちはどうかと思った千早《ちはや》だが、他に適任はいない。

そうこうしているうちに足が速いリーフスプリンターが森の中へと入っていった。板バネの脚がもつ瞬発力をフルに発揮して、リーフスプリンターの姿は一瞬で森の奥へと消える。

千早《ちはや》はオールラウンダーを操作してリーフスプリンターの後をゆっくりと追いかけ始めた。

オールラウンダーだけならば時速百キロメートル近く出すことも可能だが、今回は足が遅い重甲兜《じゆうこうかぶと》やフサリアがいる。置いていくわけにはいかない。

チームワークといったものに縁がないボッチの千早《ちはや》だが、常識はあるのだ。

「……ラグがひどい」

進路上の邪魔な枝をタングステン刀で打ち払いながら、千早《ちはや》は呟《つぶや》く。

電波塔を有するガレージから距離があるとはいえ、この場には中継器としての役割があるランノイド系フサリアがいる。にもかかわらず、千早《ちはや》が腕を振り上げてからオールラウンダーがタングステン刀を振り上げるまでコンマ数秒のラグとパケットロスがあった。

具体的には、振り上げた腕が途中で止まるのだ。データの送受信の際にデータそのものが欠損し、正しくデータが届いていない。

オールラウンダーの動きでパケットロスに気付いたのか、フサリアがボイスチャットで申し訳なさそうに声を掛けてくる。

「改造の影響で少し通信品質が落ちています。特に今は、即応性が必要なリーフスプリンターに回線を割り当てているので、オールラウンダーには姿勢制御の演算補助しかしていません」

フサリアの言い分に、千早《ちはや》はすぐに納得した。

単機で先行している斥候役のリーフスプリンターの通信状況を優先するのは当然の判断だ。

それに、この場で最も安価でスペックが低い機体はオールラウンダーである。役割としても戦闘時のバックアップでたかが知れている。優先順位が低くなるのは千早《ちはや》にも納得できた。

「姿勢制御がもらえるだけ、まし、かな……」

パケットロスなどの影響で意図せず木の根に躓《つまず》いても、フサリアの演算補助のおかげで転倒を免《まぬが》れている。左足が地面につく前に通信の問題で右足を前に出す指示が届いてもフサリアの補助により待ったがかかる。

さらには障害物の自動回避もフサリアがしてくれているらしく、オールラウンダーは上から落ちてきた枝を検知して勝手に足を止めてくれる。

後ろにフサリアがいるため、オールラウンダーの視野に入っていなくても自動回避が働く。

本来、自動回避機能を持たないオールラウンダーにとってはこれだけでも恵まれた環境だ。

誰でも感謝はすれど文句は言わないはずの演算補助を受けて、千早《ちはや》はチャット欄にメッセージを打ち込んだ。

「堕落しそうなので、演算補助、切ってください。よし」

千早《ちはや》は対人コミュニケーションから逃げてばかりの陰キャボッチなソロアクターである。フサリアが仲間にいることが前提の環境に慣れてしまうと今後の活動に支障が出るのだ。

いざという時にすべて一人で解決できるように普段から気を付けるのが、陰キャボッチの正しい在り方である。

「ふっ、頼れるのは自分だけ……」

皮肉を自分にぶつけて自己嫌悪《けんお》に陥る千早《ちはや》に重甲兜《じゅうこうかぶと》のアクターが呟《つぶや》く。

「堕落とか……修行僧かな」

「ぷふっ」

噴き出したリーフスプリンターのアクターが誤魔化すように報告する。

「えっと、通信が途絶した現場に到着。回収目標は無し。いま、ちょろちょろっと水が流れている。回収目標は下流に流されたか、ドロダコが巣に持ち帰ってるか。映像を貼るね」

チャット欄に貼り付けられた映像には一メートルほどの幅があるU字のくぼ地を一筋の水が

流れていた。現場なのは映像内にアクタノイドの受信アンテナらしき鹿の角のような金属の棒があることから間違いない。

映像を見たフサリアが考えをまとめながら話し出す。

「ジャッカロープの送受信機を兼ねた頭部の角でしょう。川の石に苔《こけ》がついていないものが交ざっている。上流から流されたか、転がってきたかのどちらかですね。頭部の角が取れるほどの状況で他の部品がないのも気にかかります。できれば戦闘も避けたいですし、まずは下流の捜索をしましょう」

リーフスプリンターが下流へ向かうのに合わせ、千早《ちはや》もオールラウンダーの進路を変更する。周辺の地形データがほとんどないため、川の流れた跡もどう続いているのか分からない。都度変更されるリーフスプリンターの動きに合わせて小まめに進路を調整し、邪魔な枝を払う。

三十分ほどして、リーフスプリンターから連絡が入った。

「回収目標を発見。流されてきただけあって装甲がボコボコだね。写真を撮っておくよ」

回収時の状況を残しておかないと、部品が足りないなどの因縁をつけられる場合がある。実際に、回収したアクタノイドから部品を抜き取って転売する不良アクターも存在するため証拠を残しておくのはトラブル回避になる。

合流地点が定まったため、千早《ちはや》はオールラウンダーの速度を上げた。

リーフスプリンターは装甲が薄く、威力の大きな銃器も使えない。その場でどっしりと構えて戦闘を行う機体ではないため、回収目標を守りながら襲ってくる野生動物と戦うのは難しい。

千早《ちはや》の意図を察してフサリアが指示を飛ばしてくれる。

「リーフスプリンターは輸送車を回して。オールラウンダーは回収目標のそばで待機」

可能な限り速度を出して現場に急行しているとリーフスプリンターとすれ違った。片手を上げて挨拶するリーフスプリンターに千早《ちはや》も右手を上げて応じる。

現場は水がちょろちょろと流れる岩場だった。日本では見ることがない巨大な蝶《ちょう》が水を飲んでいる。蝶《ちょう》を狙っていたらしい小鳥が千早《ちはや》のオールラウンダーに怯《おび》えて空へと逃げて行った。

千早《ちはや》はオールラウンダーの各部カメラで周囲の安全確認をした後、回収目標に近づく。

身長一メートルほどの小型機であるジャッカロープは鹿角を模した送受信機が壊れているくらいで原形をとどめている。装甲がボコボコしているのは上流から流されてきた名残だろう。

損壊状況が激しいのはサイコロンの方だ。本来は立方体の頭部はいびつな多面体になってしまっている。頭部には赤外線カメラなど特殊なカメラ機材が内蔵され、立方体の各面にカメラレンズがついているはずだが、割れていたり取れてしまっている。胴体部分も腕が取れているし、脚はケーブルがショートしたのか焦げた跡があった。

「これは動かないなぁ」

上流から流されてきたのなら一度は水没している内部の回路もダメになっているだろう。

気密性が高いランノイド系のジャッカロープはもしかしたら無事かもしれない。鉄砲水が怖いので、千早《ちはや》はオールラウンダーを動かして回収目標を窪地《くぼち》から運び出すことにした。

その時、フサリアから連絡が入る。

「一度、ジャッカロープの復帰を試してほしい。動かせるなら重甲兜《じゅうこうかぶと》の負担を減らせるから」

ジャッカロープのみならず、アクタノイドは通信が不安定な未開拓領域に向かう関係上、突然の通信途絶があり得る。そのため、現地にいる他の機体を使って通信が途絶した機体を復帰させる方法がある。

とはいえ、ボッチの千早《ちはや》が仲間の機体の復帰方法を知るはずもない。即座にスマホで検索をかけて方法を調べた。

「ふむふむ……」

画像付きの解説サイトを見つつ、千早《ちはや》はメインモニターに映し出されたジャッカロープの背面装甲を力任せに引きはがす。ボコボコに歪《ゆが》んでいるため、正規の手順ではひらかないので仕方がない処置だ。

装甲を剝がしたことで露出した内部は復帰用のアクセスパスワードが彫られた無線ルーターがあった。無線ルーターについているケーブルをジャッカロープに繫《つな》ぎ、オールラウンダーとの無線通信を行う。

「えっと、こう……?」

接続できたか確かめるために右手を握ってみると、ジャッカロープの手がぎゅっと拳を作った。

無事に接続できたらしい。

ジャッカロープを立ち上がらせて森の中へ歩かせた後、オールラウンダーでサイコロンの残骸を持ち上げる。鉄砲水が来てもこれで安心だ。

フサリアたちの到着まで時間があるので、千早《ちはや》はジャッカロープの視界を予備画面に共有してみる。日本で最初に作られたアクタノイドであるオールラウンダーとはスペック差が大きく、高品質カメラを搭載しているジャッカロープの視界は非常にくっきりと陰影が分かれて見やすい。しかし、データ量が多いせいでパケットロスの影響も大きく、画像が頻繁に乱れた。

オールラウンダーを介して通信していることもあり、オールラウンダーの動作にまで影響が出る。このまま続けるとオールラウンダーがずっこけそうだ。

「……フサリアに任せよう」

オールラウンダーでは荷が重いからと、千早《ちはや》はジャッカロープとの接続を切った。安全な所に移動させる目的は達したのだから、ここで合流まで待てばいい。

しばらく待っていると重甲兜《じゅうこうかぶと》の重々しい足音が聞こえてきた。

オールラウンダーで手を振ってアピールすると、重甲兜《じゅうこうかぶと》とそのすぐ後ろのフサリアも手を上げて応じてくれる。

「急いで輸送車へ。この辺りもドロダコの縄張りかもしれません」

重甲兜《じゅうこうかぶと》がサイコロンの残骸を軽々と持ち上げ、フサリアがジャッカロープに接続して動きを同調させる。

　フサリアが右足を出せばジャッカロープも同じく右足を出して歩き出した。オールラウンダーとは違って回線にも処理能力にも余裕があるフサリアに同調したことでジャッカロープは滑らかに歩いている。しかし、一メートル以上の身長差からくる歩幅の違いによりジャッカロープだけを動かす場面が何度かあった。

　カルガモ親子を見るような微笑《ほほえ》ましさがあり、千早《ちはや》の頬が緩む。

　その時、輸送車を回していたリーフスプリンターのアクターが報告してくる。

「所定の位置に輸送車を回してきたよ。ジャッカロープの操作権を渡してくれる？　私が操作した方が早いでしょ」

「助かります。低身長機は気を配ることが多すぎて疲れてしまう」

　フサリアのアクターが疲れた声で感謝する。渋い声のくたびれ調子は声優が出来そうなくらいダンディな雰囲気があった。

　もっとも、人の声にまるで興味がない千早《ちはや》は輸送車への直通路を切り開きつつ、周囲の索敵を怠らない。

　今、まともに戦闘ができるのは千早《ちはや》のオールラウンダーだけだ。フサリアもジャッカロープもランノイド系で戦闘には弱く、重甲兜《じゅうこうかぶと》はサイコロンの運搬で手がふさがっている。

　こんなはずではなかったのに、と戦闘が嫌いな千早《ちはや》は頬が引き攣《つ》るのを感じていた。自分一人で依頼を受けるよりも結果的に責任が重大になってしまった。

「で、でも、戦うことになるとは限らないし――」

「所属不明アクタノイドが急速に接近してきます！　数は三機、真北から！」

フサリアの警告に、千早《ちはや》のオールラウンダーを残して物陰へと隠れていく。

「なんでぇ……」

情けない声で呟《つぶや》きながら、千早《ちはや》はオールラウンダーに突撃銃ブレイクスルーを構えさせてチームを背に庇《かば》い、北へ進み出る。

アクタノイドは高級品だ。奇襲して破壊し、ブラックボックスを抜き取って売却することで金銭を得る盗賊アクターが存在する。所属不明のアクタノイドが急接近してくるなら最大限の警戒が必要になる。

そうでなくても、足が速い猛獣に追いかけられて、偶然千早《ちはや》たちのチームにぶつかってしまったというケースもある。

追加の情報はないかとボイスチャットに耳を澄ませていると、ジャッカロープの索敵機能を利用した追加情報がもたらされた。

「接近してくるアクタノイドは時速七十キロメートルまで減速。銃声は無し。追いかけられている様子ではないですね。距離七百メートルを割りました」

突撃銃の有効射程内だ。逆を言えば、所属不明アクタノイド側からも撃てる距離だと見るべき。

「ふへっ」

こちらから撃つのはまずいが、これ以上接近を許すのも怖い。

引き金に指をかける千早《ちはや》だったが、木々の向こうから人の声が聞こえてきた。

「こちら、がっつり狩猟部です。驚かせてすみません」

アクタノイドの内蔵スピーカー越しでの呼びかけだ。ざらざらと機械ノイズが混ざってしまっているが聞き取るのは難しくない。

がっつり狩猟部は千早《ちはや》も知っている有名な民間クランだ。その名の通り、新界で害獣の駆除を行うほか、環境保護にも力を入れている。その活動内容から追跡、狙撃、散開戦術に優れる国内三指に入る戦闘集団である。

その気になれば、七百メートルも接近する必要がない狙撃能力の持ち主だ。ここまで近づいたのは声を届けるのと同時に敵意がないことを示すためでもあるのだろう。

もっとも、この原生林では狙撃が難しいため接近せざるを得なかった可能性もある。そう思って、千早《ちはや》は銃口を下げなかった。

チームリーダーであるフサリアがしばしの沈黙の末、内蔵スピーカーをオンにしてがっつり狩猟部へ呼びかける。

「なぜ、我々に接近した？　ガレージ周辺でもなければ互いに不干渉を貫くのがトラブル回避の原則だと思うが？」

フサリアはこちらの機体構成や依頼内容を一切語らない。戦力がバレるリスクを知っているからだ。

国内三指に入る戦闘系クランを相手に、まともに戦えるのが骨董品《こっとうひん》とも揶揄《やゆ》されるオールラウンダーだけでは全滅必至だ。サイコロンの残骸を放棄し重甲兜《じゅうこうかぶと》を出しても、鈍重な重ラウンダー系である重甲兜《じゅうこうかぶと》ががっつり狩猟部の得意な散開戦術と狙撃に対抗できるはずがない。

最低でもリーフスプリンターを呼び戻す必要がある。ジャッカロープが動かないのも、輸送車からこちらへリーフスプリンターを走らせているからだと、チャット欄にリーフスプリンターのアクターが書き込んでいる。

緊張状態を維持する千早《ちはや》たちに対し、がっつり狩猟部は会話に応じてくれたことにほっとした様子で続けた。

「現在、この地域で目撃された害獣の駆除依頼を受け、狩猟部メンバーが散開しています。戦闘に巻き込まれないよう、この場からの離脱を促し、希望があれば護衛します」

「害獣？」

「イエンバーです。我々も余裕がないので、早急に決断してください」

イエンバー、小型二足歩行の恐竜に似た獰猛《どうもう》な新界生物だ。分厚く頑丈な鱗《うろこ》は並の銃器を弾《はじ》き飛《と》ばし、逃げるモノを執念深く追いかける習性がある。

千早《ちはや》が初めて受けた依頼でオールラウンダーを大破させる原因になった生き物である。

迫りくるイェンバーの足音を思い出して、千早《ちはや》は寒気を覚えた。

味方の銃器もイェンバーの鱗《うろこ》を貫けるものがない。つまり、襲われたらひとたまりもない。

フサリアも同じ結論に至ったか、深刻そうな声で応じた。

「状況は分かりました。輸送車まで護衛をお願いします」

「了解です。護衛料は取らないのでご安心を」

話がまとまり、がっつり狩猟部の面々が周囲に散った。散開することで警戒範囲を広く取り、イェンバーを早期発見して対応するつもりだろう。

フサリアがボイスチャットで呼びかける。

「輸送車まで急ぎましょう」

元々急いでいたが、今はがっつり狩猟部に警戒を任せることができる。自然と速度は上がり、千早《ちはや》はオールラウンダーを走らせながら邪魔な枝を切り払って先へ先へと進んでいく。護衛もがっつり狩猟部に任せられるのだから、道を確保して輸送車へいち早く乗り込んでしまえば自分だけは安全になるかもというずるい考えが頭をよぎった。

即席とはいえチームで依頼をこなしているのだから、流石《さすが》に問題行動すぎると考えを追い出す。

「イェンバー、怖いなぁ」

追いかけ回された日を思い出して、千早《ちはや》は緊張から「ふへっ」と歪《いびつ》に笑う。

初依頼だったこともあって盛大なトラウマを抱えていた。

大ぶりの枝を落とすと視界が開け、森の出口と輸送車が見えてくる。

ようやく一仕事終えた、と千早《ちはや》がオールラウンダーを輸送車のそばに歩かせようとした時、フサリアのアクターが叫んだ。

「イェンバーが南から来ます！」

あ、来ちゃったんだ、と千早《ちはや》は頬を引きつらせながら南側へとオールラウンダーを走らせた。

手持ちの突撃銃ではイェンバーの腹部に当てないと血も出ないが、多少のけん制にはなる。

駆除しなくても依頼は達成できるのだから無理に戦う必要はない。

適当に引き付けてがっつり狩猟部に後を任せて逃げ出していいのだ。

「……これ、フラグってやつ、では？」

嫌な予感だけは当たる実績がある。

がっつり狩猟部が南へ戦力を傾け始める中、千早《ちはや》はオールラウンダーの足を止めた。

極論を言えば、がっつり狩猟部が全滅しても千早《ちはや》には関係がない。最優先すべきは輸送中の回収目標だ。

なら、南へ全戦力を傾けて北から襲われたら依頼失敗に繋《つな》がる。

千早《ちはや》は感圧式マットレスを踏み込んでオールラウンダーに進路を変更させる。

途中ですれ違ったがっつり狩猟部の機体があからさまに面食らって足を止めたが、千早《ちはや》は無視してオールラウンダーを北へ向かわせた。

どすどすと重々しい足音を立てながら輸送車へ走る重甲兜《じゅうこうかぶと》が見えてくる。

「あれ？　オールラウンダーがなんでこっちに？」

驚いた様子で重甲兜《じゅうこうかぶと》のアクターが質問してくるが、千早《ちはや》は答えない。

重甲兜《じゅうこうかぶと》の後ろを通り抜けてさらに北へ。

意図に気付いたフサリアが感心したようにつぶやいた。

「そうですね。回収目標を持ち帰るのが依頼内容ですから、別の襲撃者への備えが最優先です。イェンバーに気を取られ過ぎていましたね」

「あ、なるほど。それならそうと言ってくれれば」

言えないのだ。コミュ障の千早《ちはや》に自分の意図を説明するのは難しい。

しかし、褒められたのは嬉《うれ》しい。コミュニケーションが嫌いなわけではないのだ。

「ふふひ」

緩む口元を両手でもみもみして、襲撃に備えようとした瞬間――傍《かたわ》らの大木に矢が突き立った。

「ふふーひっ」

瞬時に声が上ずり、千《ち》早《はや》はオールラウンダーを横に跳ばせる。

「なに？　え？　なんで？　なんで、矢？　なんでぇ!?」

サイドカメラで矢を見る。矢じりだけでなく柄まで金属製の重厚すぎる矢だ。射出速度にもよるだろうが、命中すればオールラウンダーの装甲くらい容易《たやす》く吹き飛びかねない。

明らかに生物が扱う重量の矢ではない。アクタノイドでもなければ射ることはできないだろう。そもそも、新界に矢を作って扱うほどの文明的な生物はいない。

アクタノイドによって射られたのは確実だが、不自然すぎる。ラグの影響で銃器でも当たらないのに、より速度が遅く取り回しに劣り連射力もなければ矢の確保すら難しい弓を扱うアクターが存在するのか？

しかし、目の前に射られた矢がある。

矢が飛んできた方向を見るが木々に阻《はば》まれて見通しが利《き》かない。よくこの木々の隙間を縫ってきたものだ。AI補正でもなければ無理な芸当だが、弓矢を扱うためにAIを開発する時点で常軌を逸している。

何もかもがイレギュラーだが、一番恐ろしいことに千早《ちはや》は気付いた。

「誰も、反応してない……」

索敵能力に優れたランノイド系フサリアも、音響索敵が得意なジャッカロープも、野生動物を相手にゲリラ戦をするがっつり狩猟部も、誰一人として千早《ちはや》が矢を放たれたことに気付いていない。接近を警告してすらいなかった。

矢を射《う》ってきたのは、これらの面々を出し抜くほどの隠密機《おんみつき》ということになる。

「……オーダー系？」

特注一点物の専用機、オーダー系アクタノイド。

弓を扱う時点で聞いたこともない上にこの隠密性《おんみつ》の高さははっきりと異常だ。市販されている機体ではいくら改造しても難しいだろう。

対する千早《ちはや》が使っているのは国内で最初に製造されたアクタノイド界の骨董品《オールラウンダー》。勝負になるはずもない。

「ふぅ……おわった」

などと言いながらも、千早《ちはや》は幹に突き立っている矢をチャット欄に貼り付け、射撃地点へオールラウンダーを全力疾走させる。

相手が矢を扱うのなら、矢を継ぐ前に接近する。連射が利《き》かないデメリットを突くしかない。

ここで距離を詰めておかないと回収目標を輸送中のフサリアや重甲兜《じゅうこうかぶと》が狙われてしまう。

フサリアたちが状況を理解する時間だけは稼ぎたい。

千早《ちはや》が貼り付けた矢の映像にフサリアたちが困惑している。

「これなに？　矢？　射られたの？」

「いや、なんで矢？」

説明を求められても、千早《ちはや》は答えられない。千早《ちはや》自身も状況がよく分からないのだ。盗賊アクターだとしても弓矢で狙ってくるのは趣味に走りすぎている。

状況は分からないまでもイレギュラーが発生したのは確か。フサリアのアクターが即座に指示を飛ばした。

「輸送車に急いでください。オールラウンダーも敵機の発見より合流を優先」

見通しの利《き》かない原生林で姿も分からない敵機を探すよりいち早く合流してこの場から離脱する方針らしい。

弓矢なら射程はそこまで広くない。離脱は容易という判断だろう。

重甲兜《じゅうこうかぶと》のアクターが意見する。

「相手が銃を持っていないとは限らないだろ」

「持ってたら撃っています。仕留めるつもりなら最初から撃った方がいい。あの矢は分かりやすい牽制《けんせい》射撃でしょう。性能試験でもしていたのか……。ともかく、姿を見てしまうと逆に襲われかねません」

姿を見る方がやばい。そう聞いて千早《ちはや》はすぐにオールラウンダーを反転させる。

相手が隠密《おんみつ》性能を高めたオーダー系だとしたら、姿を見られるのを嫌がるのは当然だ。そこに考えが至らなかった千早《ちはや》は背筋に冷たい汗が流れるのを感じながら疑問に思う。

「そもそも、存在もバレてなかった、よね……？」

千早《ちはや》たちの動きはアクタノイド回収を目的にしていると分かりやすかったはずだ。大破したアクタノイドを抱えている時点で戦闘能力は低く、唯一自由に動けるオールラウンダーは性能も火力も骨董品《こっとうひん》相応で、隠密《おんみつ》機の脅威にならず、牽制《けんせい》射撃を行う意味がない。

なにか見落としている気がするものの、このチームのリーダーはフサリアのアクターだ。その指示に従わなければいざという時に助けてもらえない。オーダー系を相手に骨董品《こっとうひん》で助けもなしにタイマンを張るなど愚の骨頂である。

愚の骨頂――なのだが、

「あれは無視しちゃ、ダメ……」

千早《ちはや》は泣きそうになりながらオールラウンダーの速度を落とし、後方へ手榴弾《しゅりゅうだん》を投げつけた。

爆発音を聞き取ったのだろう、フサリアのアクターが慌てて咎《とが》める。

「ちょっ⁉　何してんだ！　刺激しちゃダメだって！」

手榴弾《しゅりゅうだん》を投げつける時点で交戦の意思アリとみなされる。先に矢を射《う》ってきた時点で向こうが悪いのだが、敵対すると明確にした意味は大きい。

ボイスチャットが荒れ、千早《ちはや》の行為を糾弾する言葉があふれかえる。

千早《ちはや》もわかっている。これはチームを危険に晒《さら》し、依頼を失敗させかねない重大な過失だ。

だが、その条件は、相手が見逃してくれることを、交戦の意思がなく警告に留まることを前提に成り立っている。

千早《ちはや》は震える指でマイク電源を入れた。ボイスチェンジャーが起動していることを示す青いランプをちらりと見て、千早《ちはや》は言い返す。

「隠密機《おんみつ》なら、撃たずに、逃げてる」

「……しゃべった？」

「マイクあんのかよ」

リーフスプリンターと重甲兜《じゅうこうかぶと》のアクターがツッコミを入れる中、フサリアのアクターだけは冷静に考えたうえで口を開いた。

「言いたいことは分かりますが、あなたの行動が挑発行為なのも事実ですよ」

「警告射撃をして、遠ざけたのに、留まるはずない」

「……あぁ、そうか。向こうからすれば見当違いの方向に手榴弾《しゆりゆうだん》を投げていることになるんですね。それは隠密《おんみつ》性能の評価にプラスでしょうし、わざわざ戻ってきてまで戦闘に応じるつもりなら最初から戦闘に入っている――」

千早《ちはや》の不足しすぎな発言を独自の解釈で補足したフサリアが内蔵スピーカーの最大音量で原生林全体へ声を届けた。

「――お見事な隠密《おんみつ》能力ですね。こちらからは所在を摑《つか》めません。先ほどの手榴弾《しゆりゆうだん》はささやかな賛辞です！」

解釈の余地を限定し、戦闘の意図がないことを明確にするフサリアの発言に重甲兜《じゅうこうかぶと》たちが感心したように唸《うな》る。

逆に、千早《ちはや》は恐怖からぶるぶる震えていた。

フサリアの発言には致命的なミスがある。それは千早《ちはや》とは状況認識の前提が違っているからこそ起きたミスだ。

フサリアのアクターは相手が明確な敵意を持っていないと思っている。

だが、千早《ちはや》は相手が明確に敵意を持っていると判断している。

アクタノイド戦において重要なのは回線品質。それを担保するフサリアは最優先排除対象。

千早《ちはや》は素早く手榴弾《しゅりゅうだん》を五つ、ピンを抜いて無差別に周囲へばらまいた。

爆光、爆音、爆炎がオールラウンダーたちと敵機の間に閃《ひらめ》く。

フサリアを狙っただろう総金属製の矢がオールラウンダーの真横を抜けて、フサリアを掠《かす》って傍《かたわ》らの大木に突き立った。

――爆風で軌道が乱れていなければ、フサリアに直撃しただろう。

「総員、退避！」

余裕を完全に失ったフサリアの命令に全体が動き出す中、ボッチの千早《ちはや》は薄ら笑いを浮かべていた。

「完全にオワタ」

捕捉できない隠密機《おんみつき》に、こちらの最大の弱点であるフサリアの位置を特定された。

劣勢という言葉すら生ぬるい。

――千早《ちはや》がフサリアの勢力に入っているとすれば、だが。

千早《ちはや》は感圧式マットレスを強く踏み込み、輸送車ともフサリアたちとも異なる方向へ全速力で移動を始める。

達成すべき目標が切り替わったことを正確に理解したのだ。

依頼を達成できるかではなく、自身の損害を可能な限り減らすのが最優先目標となった。

つまり、千早《ちはや》は第三勢力になる道を瞬時に選んだ。

団体行動など冗談ではない。逃げる隠れる保身する。それが最優先目標を達成する手段になったのだから。

仲間を頼りにしないという判断を下すのにタイムラグがないのがボッチの強み。フサリアによる内蔵スピーカーの発言が原因ならばなおのこと。

だからこそ、ボッチにして小心者の千早《ちはや》は自分一人の第三勢力としてチームを守り抜く方向に動くのだ。

あとで責任を押し付けられたら怖いから、アリバイ作りに余念がないのが小心者ボッチの弱み。

「なんで……」

——自分がこんなことをしないといけないのか。

わかっている。千早《ちはや》の立場が弱く、発言力が低いからだ。保身には自分が原因であると言わせない証拠を積み上げねばならないからだ。

誰の目にも、状況認識を間違えたフサリアの不用意な内蔵スピーカーでの呼びかけが原因だと分かる。それでも、コミュ障で黙りがちな千早《ちはや》に責任を押し付けた方が話は早くて角が立たないから、理不尽に押し付ける。

小学、中学、高校と、散々味わってきた。体育の授業でチーム戦をすれば、いつだって千早《ちはや》は敗因として理不尽にあげつらわれた。体調不良で保健室に行ってなお、千早《ちはや》がいれば頭数が足りて勝っていたかもしれないと言われる始末。

その理不尽に抗《あらが》える実績を作るために行動しなくてはならないのだ——第三勢力として。

「ふっふひ……」

成功も失敗も、すべて自分の責任。先ほどまで責任を分散できるチームで動いていたのに、自分の行動の結果、こうなった。

あのまま団体行動していたら、全滅しても損害はチームで折半になっていただろう。

このまま全滅すれば、三対一の発言力の差ですべての損害を背負わされかねない。

だが、無事に回収任務を成功させれば、損害などでない。

「逃げ切れば、勝ち……！」

勝利条件をつぶやいて、千早《ちはや》は新たな手榴弾《しゅりゅうだん》のピンを抜く。

射手がいる方向は先ほどの矢から推測できる。加えて、隠密《おんみつ》機ならば索敵能力も高いはずだ。せっかく姿を隠したのに不意に敵と遭遇するのでは意味がないのだから。

つまり、イェンバーと戦っているがっつり狩猟部の位置を敵機は知っている。

千早《ちはや》のオールラウンダーは手榴弾《しゅりゅうだん》を射手の予測位置よりも大きく北へと逸《そ》らして投げつけた。南側にがっつり狩猟部がいる以上、敵機は遭遇を避けて北へ退避すると読んだのだ。

爆発に木々が揺れ、葉が擦れ合う。爆風に吹き飛ばされた枝や葉が降る中を、突撃銃を構えた千早《ちはや》のオールラウンダーが疾駆する。

南側で散発的に聞こえていたがっつり狩猟部の銃声が止《や》んでいる。爆発音を聞いて背後の異常を悟り、様子を窺《うかが》っているのだろう。いまなら射手ががっつり狩猟部に襲い掛かっても対応できるはずだ。

千早《ちはや》は気持ち北側へと進路を取り、射手をがっつり狩猟部との間に挟み込む位置取りを目指す。索敵能力に優れる射手が動きに気付かないはずはなく、姿を見られたくなければ輸送車から遠ざかる必要がある。

さもなければ、たった一機の骨董品《こっとうひん》を早期に排除するかだ。

倒木により出現した開けた空間を見つけ、千早《ちはや》はオールラウンダーに手榴弾《しゅりゅうだん》を投擲《とうてき》させる。開けた場所のど真ん中に落ちた手榴弾《しゅりゅうだん》が爆発した瞬間、飛来した矢がオールラウンダーの右肩の装甲を弾《はじ》き飛《と》ばして森の奥へ消えた。

射線が通るこの場所で待ち受けていたらしい。

オールラウンダーに大きく脚を開かせて重心を安定させ、矢が飛んできた方向へ銃口を向ける。フルオートで銃弾の雨を叩《たた》き込み、メインモニターを見つめる。

銃弾が当たった様子はない。木々の隙間に黒い何かが見えた気がするが、解析する余裕がない。千早《ちはや》は引き金を引いたまま、画面を見つめて呟《つぶや》く。

待ち伏せていたとはいえ、相手の反応が早すぎる気がした。回線ラグを考慮すると矢を放つまでに時間差がないのが気にかかる。

「……おかしい、ような」

「位置バレしてる……？」

センチメートル単位か、ミリメートル単位のかなり正確な位置把握をされている可能性が高いと踏んで、千早《ちはや》は距離を詰めるべきか躊躇《ちゅうちょ》した。

迂闊《うかつ》に飛び込むと手痛いカウンターがくる。だが、このまま睨《にら》み合《あ》いには移れない。相手の位置が分からない千早《ちはや》には、輸送車を直接狙われるリスクが伴うからだ。

銃身が焼け付くのを嫌って連射を止め、木の裏にオールラウンダーを隠す。柔らかな腐葉土を踏んで機体がわずかに沈み込み、傾いたオールラウンダーの頭がわずかに幹の陰から出た瞬間だった。

「——うぇっ!?」

いきなりメインモニターが真っ黒に染まる。スピーカーからガンッと強い衝撃音がした。

あの僅かな瞬間を矢で射貫かれた。そう気づいた千早《ちはや》は顔から血の気が引く。

相手の反応速度がおかしい。千早《ちはや》のオールラウンダーの足場の状況を事前に知っていて、機体が傾くと予想してあらかじめ矢を放たなくてはこの結果にはならない。

通信ラグを考慮した正確な狙撃を、速度の遅い矢でやってのけたことになる。

予知能力でも持っているのかと疑いたくなる予測精度だ。

「じ、実力が違いすぎ……」

これはもう、オールラウンダーの大破は免《まぬが》れないかもしれない。

修理費用の請求書の幻が目の前に浮かぶ。慌てて頭を振って幻を振り払い、千早《ちはや》はサイドカメラとバックカメラから情報を探――ろうともせずに手榴弾《しゆりゆうだん》を周囲へばらまき、ワイヤーアンカーを盾にしていた木の幹に打ち込んだ。

手持ちの手榴弾《しゆりゆうだん》をすべて、遠慮も容赦も環境配慮もなくばらまく。ほぼ同時にオールラウンダーは走り出し、爆風を追い風に加速した。

「ふっふえへっ」

ミシミシと不気味な音を立てて大木が倒壊する音を背に、千早《ちはや》は負けず劣らずの不気味な笑い声を上げてバックカメラの映像を見る。

惨状が広がっていた。

小さな広場は巻き上げられた腐葉土と倒壊していく木々によって面積を広げ、周辺の木々も爆風に葉ごと枝を持っていかれて視界が開けている。

あまりに乱暴な置き土産がもたらした惨状の端で黒い機体が森の中へと消えようとしていた。

常識から大きく外れた、趣味に走りすぎている黒い機体。長大な弓を携え、背中には矢筒を備えている。甲冑《かつちゆう》を模した装甲に刀まで佩《は》いたその姿はさながら戦国時代の武士のようだ。

もう間違いない。オーダー系アクタノイドである。

姿は映像に収めた。このままオールラウンダーを破壊されたらネットの海に放流して隠密《おんみつ》できなかった隠密《おんみつ》機として晒《さら》し者《もの》にしてやると、千早《ちはや》は心に決めた。

仇《かたき》は誰かが取ってくれるかもしれない。

でも今は逃げるのが最優先。そして、千早《ちはや》は何も敵機の姿を拝むためだけに派手な爆発を起こしたわけではない。

「き、来た……っ！」

真正面から雄たけびを上げて突っ込んでくる二足歩行の恐竜、イェンバーの群れをサイドカメラの端に捉えて、千早《ちはや》は歯を食いしばる。

縄張りで好き勝手に爆発騒ぎを起こす千早《ちはや》のオールラウンダーに怒り心頭のイェンバーは全部で六頭。がっつり狩猟部との戦闘で六頭とも血を流している。

千早《ちはや》たちの動きで異常を悟ったがっつり狩猟部が散開と逃走に移り、標的を見失っていたイェンバーが派手な爆発音に釣られてやってくる。

すべて予測通りに進んでいるが、千早《ちはや》は緊張からガタガタと震えながら気色悪い笑い声を上げていた。

「こんな危ないことしたくなかったのに、なんでぇ……」

泣き言をこぼしつつもオールラウンダーを反転させ、ワイヤーの巻き取り機を起動する。

爆発で倒れた広場の樹《き》に撃ち込まれたワイヤーアンカーへオールラウンダーが引っ張られる。強烈な加速にオールラウンダーがつんのめり、前のめりに倒れ込んだ。それでも両手で握った巻き取り機がモーターをうならせながら猛然とオールラウンダーを引っ張る。地面を滑るオールラウンダーの頭上を矢が飛んで行った。

地面に倒れたまま広場へ引き返してくるオールラウンダーを弓矢で狙うのは難しい。角度と距離がある以上、立っている標的よりも倒れている標的の方が的が小さくなる。匍匐《ほふく》前進と要領は同じだ。

ただワイヤーに引きずられているオールラウンダーに追いつくのは、イェンバーにとって難しいことではない。だが、正確に飛んでくる貫通力に秀《ひい》でた矢をかいくぐりながらという条件が付けば難しい。

そしてなにより、イェンバーは――攻撃してくる相手に強く反応する。

「ふへへ……」

邪魔だとばかりにオールラウンダーを踏みつぶして敵機へ駆けていくイェンバーたちを見送りながら、千早《ちはや》は思い出す。

アクター研修の一環で受けた初めての依頼で、千早《ちはや》はオールラウンダーでイェンバーの群れに銃撃して敵意を一身に集めてしまい、最終的に囮《おとり》となって爆散した。

目の前で倒れ込んでいるオールラウンダーよりも、矢で攻撃してきた敵機の方にイェンバーは強く惹《ひ》かれる。しかも逃げる獲物を執拗《しつよう》に追いかける習性もあるため、隠密《おんみつ》を旨《むね》とする敵機には厄介な相手だろう。

「敵の敵は味方──あっ」

イェンバーに踏み潰されたことでオールラウンダーの脚が動かないことに気付いた千早《ちはや》はチャット欄に書き込む。

「回収、お願いします……」

※

二次被害の危険性を理由に千早《ちはや》のオールラウンダーは回収されなかった。

弁償費用の内訳が書かれた請求書を見て、千早《ちはや》は深く深く、落胆のため息をつく。

一応、千早《ちはや》が敵機を足止めし、さらには追跡してくる可能性があったイェンバーを敵機に擦《なす》り付《つ》けて輸送車の逃走を手助けした功績が認められ、即席チームが依頼の報酬金から四割ほどを肩代わりしてくれた。

千早《ちはや》の行動は結果的に最適解ではあったものの、リーダーであるフサリアの指示を悉《ことごと》く無視した事実は変わりがない。そこを突かれれば全額を千早《ちはや》が負担する可能性があり、実際に個人の集まりである即席チームでは自分で全額負担が当然という風潮がある。

四割を負担してくれるのはそれだけ、千早《ちはや》の行動が振り返ってみれば最適だったと他のメンバーが認めたゆえだ。

働きが認められても、今回の依頼で赤字を出したことには変わりがない。千早《ちはや》は請求金額の桁を数えてもう一度ため息をついた。

頑張ったのに、貯金が減る。その事実がなにより悔しい。

「……なんでぇ」

これが骨折り損のくたびれ儲《もう》けか。千早《ちはや》は肩を落として、アクタールームを出た。

とぼとぼと階段を上りながら考える。

今まで機体を壊してしまうことはあっても修理費は依頼報酬で相殺《そうさい》して黒字になっていた。

今回、ついに赤字になってしまったことが悔しいだけでなく恐ろしい。

今後も赤字が続くのではないかと——

「気分転換、しよ」

暗い気持ちになりすぎないように。

ゲームでもして気を紛らわせようと思った千早《ちはや》はお供のお菓子を求めて冷蔵庫を開ける。

甘い物がなにもない。

「……酔っぱらいに絡《から》まれて買い物できずに帰ってきたんだった」

現実が千早《ちはや》の気分を地獄へいざなう。

何もかもが上手《うま》くいかない。そんな日もある。むしろ、そんな日ばかりだった。

ゲームをする気も削《そ》がれてしまい、千早《ちはや》はリビングソファに座ってカピバラぬいぐるみを抱きかかえる。

「今日はダメな日だぁ……」

のほほん顔のカピバラぬいぐるみの視線の先、モニターをちらりと見た千早《ちはや》は電源を入れる。

適当に動画でも見ようと思ったのだ。音を流しておくだけでも気がまぎれる。

動画サイトのおすすめ欄には千早《ちはや》の職業柄、新界関連の動画がずらりと並んでいる。新界の可愛《かわい》い動物特集が主に並ぶ中、新界開発区の様子を伝える配信者の動画が目についた。

「新界産スイーツ？」

ちょうどお菓子が切れて不貞腐《ふてくさ》れていたところだ。興味を惹《ひ》かれて動画を再生してみる。

どうやら農林水産省からの依頼で新界産の果物を使ったスイーツの宣伝をすることになったらしい。

アクター以外にもこういった稼ぎ方があるのかと羨ましく思うが、不特定多数が視聴する動画を撮るなど千早《ちはや》にできるはずもない。

裏にカンペと書かれた紙を配信者が読み上げる。

「えっと、新界の未知の細菌などを持ち込まないように厳密に無菌栽培された種子を新界から新界開発区に持ち込んで、さらに研究栽培して安全性が確認されたものを、試験的に市場流通

——あぁ、難しくって分かんにゃ」

理解を放棄した配信者が紙を丸めて部屋の端に投げる。

「ようは、安全だけど味の保証はできないから覚悟して食えってことでしょ？　配信者は常に二択を迫られている。そう、進んで死ぬか引退するかさ。食ってやろうじゃん！」

大袈裟《おおげさ》に覚悟を語り、配信者がスイーツを画面に大写しする。

モニター一杯に映し出されたのはふわふわのホイップクリームと未知の果物が載ったケーキ。黄金色《こがね》をした果肉は薄皮を剝《む》いた蜜柑《みかん》のように小さな粒がまとまっている。

新界産の果物というからどんなおどろおどろしい見た目の果物が出るかと思いきや、意外と美味《おい》しそうだ。千早《ちはや》も思わずカピバラぬいぐるみを撫《な》でる手を止めて画面に見入る。

配信者が口笛を吹いた。

「がちで美味《おい》しそう。少なくとも罰ゲームではないわ。農林水産省さん、力入ってんね！」

新界産果物のプロモーションだけあって一般受けしやすいものを選んだのだろう。

期待が隠し切れない様子の配信者がケーキを一口食べて目を輝かせる。

「えっ！　これ、うまっ、いやマジで美味《おい》しい。あ、そうだレビューしないと。あえて喩《たと》えるなら——うーん、近い果物を知らないな。唯一無二の香りと味の果物だよ」

身も蓋もない感想だったが、進化の過程どころか土台すら違う異世界の果物だ。唯一無二でもおかしくない。

「しいて言うならハーブの香りがする。甘さもさらっとした軽い感じで罪悪感なく食べられる。というか、甘さが控えめだからホイップクリームで調整してる感じかな」

説明を交えつつパクパク食べていた配信者が新界開発区の地図を画面に表示した。

「新界産果物クレップハーブを使ったこのケーキは、こちらのお店で購入可能です」

きっちり宣伝をして、マジで美味《おい》しいとの一言を残し動画は終わった。

千早《ちはや》はカピバラぬいぐるみを抱えたままソファにこてんと横になる。

興味を惹《ひ》かれるケーキだった。おそらく本当に美味《おい》しいのだろう。

お店も近所とは言えないが歩いていける距離だ。動画の配信は一週間ほど前で、客足も落ち着いているはず。

「でも今日、ダメな日だし……」

お店に行ったら臨時休業、又は売り切れという事態が容易に想像できる。引きこもりが家を出るのを渋る理由としては十分だ。

うだうだと買いに行かない理由をつぶやく癖に、スマホで店の情報を調べ始める。

「クレップハーブ、ケーキ……期間限定、明後日《あさって》まで……？」

新界産の果物だけあって、まだまだ流通量が少ないらしい。期間限定になるのも当然だった。

足をパタパタさせて食欲に抗《あらが》う千早《ちはや》は早々に敗北して外出用のキャップを被《かぶ》った。

「……どうせ売り切れてるけど、お菓子を買っておけば無駄な外出じゃないし」

言い訳である。

玄関を出た千早《ちはや》はまだ高い陽《ひ》に目を細め、日陰を選んで歩きだす。

途中で公園を通り抜けてショートカットを図り、人の多い道を避けて小道を行く。少々傾斜のある道だったが、日ごろアクターとして立ちっぱなしで仕事をする千早《ちはや》には苦もない道だ。すれ違う人の視線にびくびくしながらキャップを目深《まぶか》に被《かぶ》り直し、深呼吸して洋菓子店がある商店街へ足を踏み入れる。

個人経営の喫茶店や豆腐、野菜、魚を売っている商店が並ぶ一角にその洋菓子店はあった。店の前に幟《のぼり》が立っている。甘城《あまぎ》農業総合開発グループ提携店と大書きされたその幟《のぼり》の裏には期間限定クレップハーブケーキ販売中の文字が躍る。

「売り切れてませんように」

祈りながら店の自動ドアの前に立つ。だがセンサーに認識されず、一向に扉が開かない。いたたまれなくなってそわそわし始めた千早《ちはや》に気付いた店の人がカウンター裏で何か操作してドアを開けてくれた。

「ごめんなさい。機械の調子が少し悪いみたいで」

平謝りする店員が千早《ちはや》を迎えるようにショーケースを手で示す。

「どれになさいますか？」

猫背の千早《ちはや》を見て、ショーケースを覗《のぞ》き込んでいるだけだと思ったらしい。

店員はニコニコと微笑んでいる。視線が気になってますます背中が丸くなる千早《ちはや》だった。

「こ、これ……」

いつも聞き返される小さな声と共にクレップハーブケーキを指さす。動画で見たのと同じ、クレップハーブとホイップクリームがふんだんに使われているケーキだ。

店員が千早《ちはや》の指の先を見て頷《うなず》いた。

「クレップハーブケーキですね。ご帰宅までの時間はどれくらいでしょうか？」

「えっ……」

質問が来ると思っていなかった千早《ちはや》は不意を突かれて声が上ずる。ケーキは生菓子だ。傷まないようにドライアイスの分量を調整しなくてはならないことを千早《ちはや》はすっかり忘れていた。

視線をさまよわせ、千早《ちはや》は指を二本立てる、二十分という意味だったが、店員は疑問符を頭に浮かべつつもにこやかにピースを返してくれた。

気まずい沈黙の時間が過ぎ、指二本の意味を理解した店員がはっとした顔をして照れたようにはにかんだ。

「に、二十分ですね。ごめんなさい。なんでピースするのかなぁって思ってしまって」

「ふへうへっ」

笑ってごまかし、箱に入れられたケーキを受け取る。まだ試験栽培で数が少ないクレップハーブを使っているだけあって、他のケーキの二倍近いお値段だった。

早めにお召し上がりください、との言葉を背に千早《ちはや》は洋菓子店を後にした。

まさか買えるとは思わなかったと、千早《ちはや》はしみじみとケーキの箱を見つめる。経験上、こういった時には帰り道にこそ罠《わな》がある。頭上からカラスが飛んできたり、自転車にベルを鳴らされて強引に横を抜けられて接触したり、公園で遊ぶ子供の蹴ったボールが直撃したりするのだ。

「……ふっ、かつての私では、ない」

千早《ちはや》は周囲に目を配り、警戒を強くする。普段からアクターとして活動しているのだ。危険予測は必須技能。この新界開発区にくる以前の千早《ちはや》とは警戒心が違う。

酔っぱらいに絡《から》まれたりもするが。

警戒心マックスで気を張りながら帰路を行く。しかし、千早《ちはや》の意気込みに反して何の事件も起きないまま、千早《ちはや》は自宅の玄関に到着していた。

「……な、なんでだ」

うまくいき過ぎていて怖い。もしかすると手元のケーキは実はとてつもなく不味《まず》かったりするのかもしれない。

気付けば不幸な目に遭《あ》うのが当たり前と考えている自分に気付いて、千早《ちはや》はしょんぼりしつつ帽子を壁に掛けた。

キッチンでケーキを皿の上に載せ、フォークを取る。転ばないように慎重を期してリビングへ歩き、机の上にそっと置いた。

WOW!
KAAAAAA!
HUHEE...!!

「えっと……」

ケーキの箱の中にカードが入っていた。クレップハーブに関する説明とアレルギー反応は確認されていないことなどの説明の後、何らかの体調不良があった場合の連絡先なども書かれている。

未知の果物だけあって、食中毒などを警戒しているのだろう。

カードを熟読してから、千早《ちはや》は恐る恐るケーキにフォークを差し入れた。

「いただきます」

パクリと、一口。

ただそれだけで、千早《ちはや》は目を丸くした。

「美味《おい》しい……」

さらりと軽やかな甘み。溶けるようなくちどけのホイップクリーム。涼やかに広がるハーブの香り。ここ最近の不運がすべて消えてしまうような幸福の味がした。

「おいひい」

今まで食べたどのケーキよりも抜きんでて美味《おい》しい。祝い事があれば必ず食べたいと思うほどに、幸せな甘さだ。

「うぇへへ」

なんだかんだで、今日はいい日になった。

これからも、へこんだ時には買いに行こうと考えた直後、千早《ちはや》は思い出す。

これは——期間限定商品なのだ。

「へへ……」

信じられなかった。信じたくなかった。

覆《くつがえ》さなくてはならない。期間限定などという鬼畜な決定を覆《くつがえ》さなくてはならない。

できれば価格も下げたい。他のケーキの倍近い値段というのは普及の枷《かせ》になってしまう。売れないと作らないのが経済の大原則。

方法があるはずだ。

千早《ちはや》の脳はここにきて、今日一番の輝きを放ち高速回転していた。

「まずはクレップハーブに関する依頼を受けて、栽培方法を調べて……」

ケーキで摂取した糖分が瞬《またた》く間《ま》に思考回路を加速させていく。

千早《ちはや》はスマホを手に取り、クレップハーブに関する論文をダウンロードし、完了までの間に関連しそうな依頼を探す。

クレップハーブの生態はすでに大部分が判明している。

新界では度々群生するが、実際には同じ遺伝子を持つクローン体で群落を形成している。根があまり地面に深く張らず、広く拡散しながら根から地上へと葉を出していく。竹や蓮《はす》などと同じような広がり方だ。

根は細く、葉を茂らせるようになると親株から根を自切し、病害虫を共有しないようにする。

前述の通り、地面に浅く根を張っている上に自切するため、地面を掘り返されると容易《たやす》く全滅するだけでなく、地滑りなどを引き起こして自滅するお馬鹿な面がある。

そこで問題になるのが、栽培できているクレップハーブの遺伝子多様性だ。

現在、発見されているクレップハーブの遺伝子はたったの二グループしかない。これでは品種改良が進みにくい上、病気などで全滅してもおかしくない。

千早《ちはや》はこの問題を解決しようとする依頼を発見して手を止めた。

「クレップハーブの普及、お手伝いします」

内容はクレップハーブの採集。遺伝子サンプルを増やすのが目的であるため、複数の群落を回ってサンプルを手に入れ周辺の地形データや土壌のサンプルを確保してほしいらしい。

少し時間はかかるが戦闘に発展しにくく、千早《ちはや》にとってありがたい依頼でもある。

依頼主が匿名になっているのが少し気になったが、食欲の前には些末《さまつ》なこと。

これはツキが回ってきたと、千早《ちはや》は満面の笑みを浮かべて依頼を受けた。

「ふへっ、美味《おい》しいものを普及するぞー！」

※

最新の測量データをもとに描き出された新界の地図を眺めていた角原《かどはら》グループ代表、角原為《かどはらため》之《ゆき》はノックもなしに部屋へ入ってきた男を睨《にら》む。

「伴場《ばんば》、護衛とはいえノックはしろ」

「すんません。しかし、暗殺犯でもいた場合、突入を知らせるわけにもいかないので今後もノックはしません」

それらしいことを言っているが、この部屋に暗殺犯が踏み込んでいる時点で護衛対象の角原《かどはら》が死んでいる。ノックの有無は伴場《ばんば》を守るためのものでしかない。

指摘してもいいが、今は仕事優先だ。角原《かどはら》は思考を切り替える。

「後処理は済んだのか？」

「滞りなく。撃ちましたから、大っぴらにはできないってわけで」

「そうか」

歓楽街のはずれで起きた小競《こぜ》り合《あ》い。新界開発区の中で発砲事件にまで発展することはごく稀《まれ》だが、今回はその稀《まれ》な事件が起きた。

海援《かいえん》重工が発注した依頼を受けたアクターが偶然、正体不明の盗賊アクター野武士と遭遇した戦闘データを、角原《かどはら》グループが奪ったことで起きた事件だ。

本気で奪い返そうとオールラウンダーまで持ち出してくるあたり、海援《かいえん》重工は野武士に強く興味を持っている。

伴場《ばんば》が部屋の窓近くの定位置に立つ。

「戦闘データの方はどうなったんで？」

「解析は終わっている。見るか？」

角原《かどはら》はざっと操作してパソコンモニターに戦闘映像を表示させる。

黒い鎧《よろい》姿のアクタノイドが驚異的な隠密《おんみつ》能力で民間アクターチームの不意を打ち、弓矢だけで全滅させるまでの映像だ。問題のアクタノイドが映るのはほんの一瞬。それも木々に阻《はば》まれて全体が分からない。

戦闘データから音響索敵、映像解析ＡＩなどが問題のアクタノイドに反応しなかったこともわかる。何らかの方法で既存の映像解析ＡＩを欺いているのだろう。

だが、この隠密《おんみつ》能力よりもはるかに脅威な点がある。

「こいつの反応、早すぎる気がしますが？」

「海援《かいえん》重工もそこに注目しているようだ」

角原《かどはら》は戦闘映像に目を細める。

盗賊アクター野武士の反応速度は異常だ。物理的にあり得ない。

未来予知にも似た神がかり的な予測のなせる業か、さもなければ――

「こいつ、ＡＩによる自動戦闘ですか？」

「海援《かいえん》重工はそう睨《にら》んでいるだろうな。もしもＡＩで自動戦闘し、これほど臨機応変に対応できるのなら、新界の情勢が一変する」

角原《かどはら》グループのみならず、新界はアクター不足だ。腕の立つアクターならばなおのこと、年間契約で数百万、数千万円が支払われることもある。

だが、野武士の自動戦闘AIはアクター不足を解消できる。それどころか、機体さえ用意すれば並のアクターを蹂躙《じゅうりん》できる戦力になる。

野武士を鹵獲《ろかく》し、量産に成功したものが今後の新界における覇者にもなりうる。

「海援《かいえん》重工が必死に戦闘データを取り戻そうとするわけですね」

「あぁ、末端まで重要性を理解して現場判断で行動できる海援《かいえん》重工がこれを欲しがるのは皮肉だがな」

優秀な人材も、野武士のAIに職を奪われかねないというのに。

角原《かどはら》は伴場《ばんば》を振り返った。

「どこの馬鹿が作ったんだと思う？」

一勢力が作ったものならば、盗賊アクターとして野武士を運用するわけがない。宝の持ち腐れどころの話ではなくなる。

静かに量産し、情勢を一撃でひっくり返すのが最善手。資金繰りなどで量産できないとしても、大手に売り込めば勝ち確定だ。

たった一機で暴れさせる意味が分からない。馬鹿の所業だ。

だが、そんなバカな集団に角原《かどはら》は一つだけ心当たりがある。

伴場《ばんば》も同じ集団を思い浮かべているのだろう。珍しく呆《あき》れたような顔をした。

「そりゃあ、オーダーアクターでしょう？」

※

オーダーアクターは謎に満ちた未登録の民間クランだ。

所属機体はすべてがオーダー系アクタノイドという異様な集団であり、独自技術を多数開発し独占している技術者集団。

イロモノ扱いされるような趣味に走ったピーキーな機体ばかりではあるが、技術力、戦力共に日本最高峰に位置している。

その技術力を目当てにした誘拐などを警戒し、クランメンバーは実名を使わず、そのアカウントもすべてが非公開になっている。実情を正確に把握しているのはクラン代表メカメカ教導隊長のみ。

「不味《まず》ったなぁ」

そんな国内最高クラスのトップアクター、メカメカ教導隊長こと大辻鷹美弥《おおつじたかみや》は言葉とは裏腹にあっけらかんとした口調で苦笑いしていた。

「パスワード書いてたあのメモ紙どこやったっけなぁ」

大分飲んでいたから記憶があやふや、と腕を組んで天井を仰ぐ。

「あー、なんか目立たないけどよく見ると可愛《かわい》い子を見つけて、話が合って、それで——あれ、あの子未成年じゃなかった？　やっべ、顔があんまり思い出せない。可愛《かわい》かった気はするんだけど……いや、そうじゃなくて、メモ紙はどこいった？」

締めのラーメンを食べているところまで思い出し、スマホを取り出す。記憶の通り、クランメンバーから連絡が入っていた。

副代表の置き土産っぽい機体が暴れているとの緊急連絡だ。

「だよね。記憶は繋《つな》がってる。ま、このあたしがあんな大事なメモ紙を人に渡すのはあり得ないしな」

渡している。

「どこ行ったんだろーなー。もう諦めるか。壊せば済む話だし」

ゲーミングチェアに腰かけて、大辻鷹《おおつじたか》はパソコンを起動する。

「ガオちゃんめ。最後の最後まで遊んでいきやがって。それでこそオーダーアクターだよな！」

ガオちゃん。オーダーアクター副代表だったガオライオーン、本名は獅蜜寧《ししみつねい》。

オーダーアクターの切り込み隊長であり、ソフト開発に天才的な才能を持っていたが、この度寿引退して今ごろは新婚旅行中だ。

新界開発区を出ていく直前の彼女とビデオ通話でした飲み会の終わり際、獅蜜《ししみつ》は言った。

「あの子を止めてあげてね」

別れの言葉にしては妙だと思ったが、元々が「暴走ロボットだーい好き」を公言する人格破綻者だ。大辻鷹《おおつじたか》はあまり気に留めていなかった。

だが、今はあの言葉の意味が分かる。

「さて、置き土産をぶっ壊しますか」

きっと、ガオちゃんもこの騒動をネットニュースか何かで見て楽しんでいる。

そしてこの騒動は、大辻鷹《おおつじたか》にとっても楽しいお祭りだ。

「たっくさん銃を撃って撃たれて気持ちよくなっちゃおうねー」

大辻鷹美弥《おおつじたかみや》、メカメカ教導隊長、愛機であるオーダー系アクタノイドは世間ではこう呼ばれている。

――トリガーハッピー。

※

「社長、ドロダコにやられた機体の回収の件で色々と報告があります」

そう声をかけてきた部下に、新界化学産業代表、能化《のうか》ココは嫌な予感がした。

報告書どころかメールで済みそうな仕事だ。わざわざデスクに出向いてきてまで報告するからには何かしら問題が起きたのだろう。

「クランの訓練でロストした機体ですね?」

「はい。民間のアクターに回収を依頼したのですが、ボマーが受けていました」

「……理由もなしに受注を断るのもまずいから仕方がないですよ」

それに依頼内容はロスト機体の回収だ。受注を断って逆恨みされた挙句に回収の邪魔をされれば被害が拡大する。

部下が報告書を差し出した。

「回収機体のジャッカロープが動ける状態だったようで、依頼を受けたアクターが操作しました。その記録によると、野武士との遭遇戦になったようです」

「なんですって?」

報告書を受け取り、ぱらぱらとめくって概要を読む。

ジャッカロープの記録媒体に残されているデータから、ボマーを含む回収チームの動きが詳細に読み取れる。

ジャッカロープはランノイド系の中でも音響索敵などに優れた能力を持つ。戦場にあれば敵味方の動きがかなり正確にわかる上、発砲音から使用された銃器の特定などもできる。

そのジャッカロープの能力をもってしても、野武士の位置がさっぱり分からない。現場の機体は全てジャッカロープよりも索敵能力に劣るため、誰もが野武士の位置が分からないはずだ。

会話データからも、フサリアが野武士の位置を掴《つか》めていないことが分かる。

そんな戦場で、たった一機、おかしな動きをしている骨董品《こっとうひん》がいる。

「……岩筋《いわすじ》さんを呼んで」

「声をかけておきましたので、すぐに来ると思います」

言葉通り、岩筋《いわすじ》は二分とかからず能化《のうか》ココの前に立った。相変わらず筋肉質のボディビルダー体型でインドア派の部下と並ぶと遠近感がおかしくなる。

能化《のうか》ココは岩筋《いわすじ》に報告書を差し出した。

「アクターの意見が聞きたいの」

「拝見します」

岩筋《いわすじ》は新界化学産業が立ちあげて訓練中のクランのリーダーで豊富な経験を持つ現役のアクターだ。

そんな岩筋《いわすじ》ですら、報告書を読み始めてすぐに険しい顔になった。

「このオールラウンダー、改造機ですか？」

「貸出機です」

部下が即座に答える。質問を予想していたとしか思えない早さだ。

この報告書を読めば誰でも疑問に思うのだ。

「この修羅場で索敵情報もなしに野武士の位置を割り出してますよね？　命令無視の独断専行も依頼達成だけを見れば最適解です。退路の確保、前線の押上、撤退までの時間稼ぎ、最後には野生動物をぶつけて自機を回収してもらえるようにしている。ただ、なんと言いますか……」

言葉を濁す岩筋《いわすじ》に、能化《のうか》ココは声をかけた。

「言いたいことはみんな同じだと思います」

「では、はっきりと。いくら優秀でもこんなあぶなっかしいボマーは部下に欲しくないです」

「同感です」

いくら最適解でも独断専行はチーム戦における弱点になる。さもなければワンマンチーム化する。

岩筋《いわすじ》が報告書に視線を戻す。

「それにしても、ボマーはなぜこんなところに？」

「そこが一番の問題ですね」

劇場型戦争屋ボマーという人物像からは、粛々と機体回収依頼を受けている姿が想像できない。なにか裏がある。事実として、野武士に遭遇している。

部下が「あくまで推測ですが」と前置きして話し出した。

「自機の破損を怖《おそ》れずに獰猛《どうもう》に敵機に食らいついて爆破するあのボマーが、今回は野武士に対して野生動物を擦《なす》り付《つ》けただけなのが気になります。野武士戦はあくまでも偶然で、がっつり狩猟部の方が標的だった可能性はありませんか？」

ありえる話だ。

野武士は神出鬼没の盗賊アクター。高いレベルの隠密《おんみつ》能力まで持ち合わせ、所属勢力も不明。ボマーが事前に野武士の位置情報を摑《つか》んでいたとは考えにくい。ボマーの素性も分からないためありえないと断言できないのも怖いところだ。

だが、能化《のうか》ココは部下の推測を否定した。

「がっつり狩猟部を狙っていたとしたら、最初の接触時に問答無用で仕掛けていそうなものです。それに、がっつり狩猟部をあの場で狙っても戦争に発展しません。ボマーの人物像に合わない」

岩筋《いわすじ》が丸太のような腕を組んで唸《うな》り、絞り出すようにつぶやいた。

「ボマーは戦争を起こそうとしている。とすれば、戦争の芽を探し、育てようとする。ならば、戦争の芽になりそうな野武士との接触は偶然で片付けるには、できすぎているように思います。事前に出没するとの情報を得られるはずがない、というのは早合点《はやがてん》で、ボマーは情報を摑《つか》んでいて、下見をしたとするのが自然ではありませんかね？」

岩筋《いわすじ》の言葉に、能化《のうか》ココは頷《うなず》くしかなかった。

考えたくない話だが、ボマーが野武士との戦闘を避けた理由は戦争の芽を摘みたくなかったからだとすれば筋が通る。

そして、この筋で考えた場合、ボマーが新界化学産業の依頼を受けて現場にいたことにも裏があるかもしれない。

「野武士をめぐる戦争に、私たち新界化学産業を巻き込もうとしている……？」

つい先日にも、海援《かいえん》重工が野武士との戦闘データを何者かに盗まれたとの噂《うわさ》が出回っていた。

いま、能化《のうか》ココの目の前には野武士とボマーの戦闘データがある。これ自体は大した情報ではないが、オーダー系アクタノイド野武士と骨董品《こっとうひん》と揶揄《やゆ》されるオールラウンダーで一対一の真正面からやり合ったボマーは様々な方向から注目されるだろう。

嫌な流れに乗ってしまっている。経営者としての勘が理屈を無視して危機感を刺激する。

「とにかく、ボマーと関わらないように極力、距離を取らないと――」

能化《のうか》ココが言い切る前に、社内メールが届いた知らせをパソコンが表示した。

いつもなら、能化《のうか》ココは話の途中でメールを開いたりはしない。

だが、いまは勘が告げている。

一刻も早くメールを見ろ。対処しろと。

マウスを動かし、メールを開く。飛び込んできた文字列に、能化《のうか》ココは息を吞《の》む。

ボマーが、クレップハーブの採集依頼を受けていた。

「そんな……匿名で出していた依頼のはずなのに……」

品種改良にも使う研究用のクレップハーブ採集依頼だ。

クレップハーブはすでに市場に限定的に流通して高い評価を受けている。そのため、この依頼では、企業スパイを警戒して依頼主を伏せている。

まるで優れた情報網を見せつけるかのように、ボマーがこの依頼をピンポイントで受けてきた。

能化《のうか》ココには見える。ボマーが「逃がさないぞ」とせせら笑う姿が。

これではっきりした。

「ボマーは私たちを戦争に巻き込む気です」

後手に回らざるを得ない新界化学産業に戦争から逃れる術《すべ》はない。

ならば、巻き込まれただけだと言い訳できる余地が必要だ。

「岩筋《いわすじ》さん、訓練を急いでください。仮想敵はボマーです」

この一か月、合言葉となりそうなほど口にした言葉、仮想敵はボマー。

いざという時は、ボマーと敵対しなくてはならない。戦争を引き起こすボマーの仲間とみられることだけは避けなくてはならない。

たとえどれほど強大な敵であろうとも、戦わなくてはならない時が来るのだ。

国内最大手のアクタノイド開発企業、海援重工《かいえん》が管轄する森ノ宮《もりのみや》ガレージから借り受けたオールラウンダーに保冷機能のあるバックパックをつけて、千早《ちはや》は北へと進路を取った。

新界資源庁が配布している資源判別アプリをパソコン上で起動しておく。登録されたデータベースから映像内の動植物を判定する優れもののアプリだ。これを起動すれば、千早《ちはや》がクレップハーブを見落としにくくなる。

しかし、今回はクレップハーブの新遺伝子群を見つける依頼であるため、アプリはあくまでも補助である。遺伝子の作用次第では似ても似つかない形状のクレップハーブが見つかるかもしれず、映像では判断できない。

「また食べたいなぁ」

依頼報酬をお金ではなくクレップハーブで送ってほしいくらいだった。他の果物も買ってきてお家《うち》パフェを作ってみたい。

事前に集めておいた目撃情報から、クレップハーブの群生地に当たりをつけてある。地図上に赤い丸で囲んだ部分へ一直線に森を突っ切っても、到着までは二日ほどかかってしまう。

長丁場なので適度に休息をとりつつ進むことに決め、千早《ちはや》はのんびりとオールラウンダーを走らせる。感圧式マットレスを踏み込むだけなので、千早《ちはや》はさほど疲れない。

草原地帯から森へと入り、代わり映えのしない景色がモニターに流れていく。あまりにも暇なので新界時事ニュースというネット番組を聞き流し始めた。

お目当ては新界産食品の販売に関してのニュースだ。新界には千早《ちはや》がまだ見ぬ美味《おい》しい食べ物が眠っている。

新界各地にあるガレージと周辺の天気予報などが流れ、ニュースが始まる。

「――民間クランがっつり狩猟部が民間アクター通称野武士に対して異例の声明発表」

聞き覚えのある単語に千早《ちはや》は意識を向ける。

がっつり狩猟部は分かるが、野武士という単語でイェンバーを押し付けた正体不明のオーダー系アクタノイドを思い出した。

そういえば動画を公開してなかったと思いつつ、すぐにまぁいいかと流す。いまの千早《ちはや》には美味《おい》しいクレップハーブ普及という目標以外はどうでもいいことなのだ。

「――民間クランがっつり狩猟部は野武士に一方的な襲撃を受けて多数の被害が出たことを映像付きで公表。期日までに補塡や連絡がなかったことから、これ以上の被害を食い止めるためアクタノイド野武士の破壊を行う旨《むね》、発表しました」

「怖ぁ。仲良くすればいいのに」

呟《つぶや》きつつ、野武士と思《おぼ》しきアクタノイドに奇襲を受けたことを思い出して考えを改める。

話し合いができない相手は割といる。

コミュ障ボッチの千早《ちはや》だって、方向性は違えども話し合いができない人間である。

「巻き込まれないようにしよ……」

報道によると、がっつり狩猟部は野武士破壊を邪魔する相手にも容赦をしないと発表している。かなり頭にきているようだ。

新界において戦闘は起こらない。起こったとしても事故として片づけるのが暗黙の了解だ。がっつり狩猟部の声明にある『破壊』という単語はかなり危ういラインにある。異例の発表とはこの単語を指している。強い意志と覚悟の表れだ。

とはいえ、千早《ちはや》は野武士に興味がない。前回は襲われて仕方がなく戦う羽目になったが、もう二度とごめんだ。

戦闘なんかよりずっと大事なものが千早《ちはや》にはある。

「美味《おい》しいクレップハーブ！　みつけるぞー」

現場の山脈に到着した千早《ちはや》は意気揚々とクレップハーブの捜索を開始し、二時間後には意気消沈して群生地の跡地に立っていた。

「……なんで？」

群生地はひどく荒らされていた。

元々クレップハーブは地滑りなどを起こして自滅しやすい植物だが、この群生地は明らかに人の手で荒らされていた。

オールラウンダーの各部カメラに映る周辺の景色を見回して、千早《ちはや》はため息をつく。

おそらく、この場で戦闘が起きて荒らされている。その証拠に近くの木には弾痕もあった。

戦闘は昨日今日のことではなく、少なくともクレップハーブが完全に枯死するほど前に起きている。枯れて変色したクレップハーブの葉を見下ろして切ない気持ちになった。

「べ、別に他にも群生地はある、から……」

気を取り直して別の群生地を探し始めて数時間後、千早《ちはや》は気付く。

群生地はあった、というのが正解だった。

どこもかしこも戦闘の余波で壊滅状態であり、クレップハーブの採集などできるはずもない。

破壊されて転がっているアクタノイドをあちこちで見つけて、千早《ちはや》は静かに絶望していた。

「か、環境保護、とか考えようよ」

戦闘の度に手榴弾《しゆりゆうだん》をばらまく自分を棚に上げて、千早《ちはや》は批判する。

一応、回収して帰ればお金になるので転がっているアクタノイドの座標をメモするついでに地図を開いた。

この周辺は測量もまだなので精度の甘い地図だ。それでも周辺に何があるのか程度は分かる。

出発地点である森ノ宮《もりのみや》ガレージの北が現在地だ。この先は群森《ぐんもり》高低台地と呼ばれる地域で、クレップハーブの生息条件を満たさない。

むしろ、北西にある静原《しずはら》山麓の方がいいだろう。森ノ宮《もりのみや》ガレージ近くを流れる静原《しずはら》大川の源流がある山岳地帯で電波条件が悪い未開拓地域である。

「未開拓なら、まだ見ぬクレップハーブもあるよね」

なにより、電波が悪いのなら戦闘が起きにくい。千早《ちはや》の扱うオールラウンダーは新界開拓初期に設計された関係で未開拓の電波弱地域に強い機体なのも背中を押した。

休憩をはさみ、静原《しずはら》山麓へと向かう。不正確な地図では不安だったため、静原《しずはら》大川に沿って源流へ向かうルートを取った。

川幅十数キロ、水量も豊富な川だが源流へ向かうほど川幅は狭く、流れが速くなる。アクタノイドが落ちたらひとたまりもないので、川岸からかなり離れた場所を歩かざるを得ない。

川のせせらぎをスピーカーから聞きながら森の中を進んでいると、大破したアクタノイドが目につくようになった。錆《さ》びている様子はないため、最近の戦闘で破壊されたものだろう。

未開拓地域だけあって危険な動物がいるのかもしれない。

「き、緊張する……」

次第に足は鈍り、周囲を警戒しながら進む。いざ戦闘になった時にどう逃げるかを考えながら地形を覚えていく。

突撃銃を両手で持ち、セーフティを外しておく。いつでもフルオート連射ができるように心構えをし、深呼吸を一つ。

静原《しずはら》山麓は標高こそ低めだが裾野が広い山がいくつも連なる山岳地帯だ。傾斜地の面積が広いこの地域なら、クレップハーブの群生地も多く見つかりそうだった。静原《しずはら》大川を作り出すほど水が豊かな山々だけに、クレップハーブもきっとみずみずしいだろう。バイオハザード防止もあって千早《ちはや》が口にすることはできないが。

クレップハーブは傾斜地に群生しやすいため、山に挟まれた沢にオールラウンダーを進める。

「あ、綺麗《きれい》」

山間《やまあい》の沢に出たオールラウンダーのメインカメラ映像を見て、千早《ちはや》は目を輝かせる。

苔《こけ》むす大岩とまだ角ばったところの多い小石たち。緩やかな傾斜を涼しげな音を立てて流れていく小川は陽《ひ》の光にキラキラと輝いている。左右にはきつい傾斜の山があり――鳥の鳴き声一つしない。

「静かで、落ち着いた、いい場所……」

小川のせせらぎに耳を傾け、千早《ちはや》はオールラウンダーを上流へとのんびりと進めていく。

※

「……おいおい、嘘《うそ》だろ？」

がっつり狩猟部の部隊を率いるアクター平泉《ひらいずみ》は望遠レンズ越しに見るオールラウンダーの存

在に混乱していた。

「お前ら、沢にいるアクタノイドに手を出すな」

「出しませんよ。怪しすぎる」

貸出機と思《おぼ》しきオールラウンダーがのほほんと沢を登っていく。

あまりも無防備。いや、貸出機のオールラウンダー自体、この場にいるのは不自然すぎる。

あんなモノが目立てば一瞬でスクラップだ。基盤も残らないレベルでハチの巣になる。

なぜなら、あの沢は現在、自分たちがっつり狩猟部平泉《ひらいずみ》隊と、海援《かいえん》重工所属クラン海援《かいえん》隊の戦場ど真ん中なのだ。

両者ともに目的はオーダー系アクタノイド野武士の破壊ないしは鹵獲《ろかく》。この静原《しずはら》山麓は野武士の出没情報が多い地域であり、広範囲に野武士によって破壊されたアクタノイドが屍《しかばね》を晒《さら》す危険地帯でもある。

あのオールラウンダーのアクターだって破壊されたアクタノイドは見てきたはずだ。改造もしていないオールラウンダーで散歩できる地域ではない。そもそも、ガレージ近辺ならいざ知らず、こんな遠い未開拓地で低スペックのオールラウンダー一機で行動する時点でおかしい。

十中八九、あのオールラウンダーには仲間がいる。その仲間はおそらく、沢の向こうの海援《かいえん》隊だろう。

平泉《ひらいずみ》は沢の向こうの山を望遠レンズで観察する。

この戦闘は、互いに主戦力を残した状態で沢を挟んだ睨《にら》み合《あ》いになっている。沢へと下りて相手のいる向かいの山へと登ろうとすれば狙い撃ちにされるため、互いが山の中腹にアクタノイドを潜ませている状態だ。

がっつり狩猟部はその名の通り、狩猟をメインに活動しているため、山岳戦では一日《いちじつ》の長《ちょう》がある。沢を挟んだ狙撃くらい、AI補助がなくてもやってのけるメンバーが多い。

対して、海援《かいえん》隊はバックの海援《かいえん》重工による多額の支援により、機体も武装も整っている。AI補助込みで正確な狙撃をしてくるはずだ。

お互いに潜んだまま相手の隙を窺《うかが》い、ランノイドなどでの索敵を行っている一触即発の状況。そんな状況のど真ん中を、無防備にのほほんと沢登りをする無力なオールラウンダー。

意味が分からなかった。

「まぁ、囮《おとり》だろうなぁ」

平泉《ひらいずみ》はオールラウンダーの動きを眺めながら呟《つぶや》く。

安価でロートルなオールラウンダーなら、海援《かいえん》重工ほどの大企業にとって破壊されても痛くはない。

平泉《ひらいずみ》の推測に、がっつり狩猟部のメンバーは次々に同意を示した。

「撃ったらこちらの位置が特定されて、自爆ドローン辺りが突っ込んでくるんでしょうね」

「それにしても、あのオールラウンダーはなんとも無防備だな。役者だよ、マジ」

「野武士があれに釣り出されてくれれば早いんだけど」

※

海援《かいえん》重工の部隊を率いるアクター然郷《しかさと》は部下から報告された沢を登るオールラウンダーを確認し、眉をひそめる。

「……なんだ、あれは」

「がっつり狩猟部が出した囮《おとり》では？」

状況証拠は、囮《おとり》で確定ではある。

だが、然郷《しかさと》は納得がいかなかった。

注意深く観察していた然郷《しかさと》は、観光でもするようなのんびりした歩調で沢を登っていくオールラウンダーにバックパックがついているのを目ざとく見つけた。

「囮《おとり》なら、採集用のバックパックは背負わない。あれではまるで、ソロアクターが採集依頼でこの戦場に紛れ込んだように見えてしまう」

発砲させ、ノズルフラッシュや発砲音から位置を特定するための囮《おとり》なのだから、撃たれなければ意味がない。

無関係のソロアクターを銃撃したとなれば賠償問題だ。所属を隠して撃ち合っているがっつり狩猟部の機体を仕留めるのとはわけが違う。

仮にがっつり狩猟部の囮《おとり》だとしても、バックパックを証拠にこの戦闘には無関係と言い張って、賠償金をせしめるといったやり方がある。

あのオールラウンダーを海援隊《かいえんたい》が撃てるはずがないのだ。

「それに狩猟部は民間アクターのクランだ。ロートル機とはいえ、オールラウンダー一機をまるごと囮《おとり》に使うには高価すぎる。いや、だから賠償金を得られるアリバイ作りをしたのか……？」

アリバイ作りのせいで囮《おとり》として機能しなくなっては本末転倒だと思うが、合理的な説明が他に思いつかない。

「私見ですが、囮《おとり》として対処した方がいいかと」

部下の進言に、然郷《しかさと》も頷《うなず》く。

「そうだな。なんにしても、あれを撃ってこちらの位置が特定されるのは割に合わない」

相手はがっつり狩猟部だ。国内で上位三位に入る戦闘能力を持つクランである。

幸いというべきか、がっつり狩猟部の代表であるフィズゥは見当たらない。おそらくは二軍クラスの部隊だろう。

それでも、初撃はこちらから決めたいのが然郷《しかさと》の本音だった。

部下が呆《あき》れたように呟《つぶや》く。

「それにしても、あんな餌に我々が食いつくと思われているのは心外ですね。トリガーハッピーじゃある、まい、し……」

言っているうちにその可能性に気付いた部下が口ごもるのと同時に然郷《しかさと》たちはゾッとする。

トリガーハッピー、オーダー系アクタノイドにその通称で呼ばれる機体が存在する。

両手の重機関銃を好き放題に乱射し、「銃声はＡＳＭＲ」と叫んで憚《はばか》らない危ない銃器マニア、民間クランオーダーアクターの代表、メカメカ教導隊長が操る、分類不可にして現状最強のアクタノイドだ。

メカメカ教導隊長ならば、あの的にしか見えないオールラウンダーを見逃さない。

然郷《しかさと》はすぐさま部下に命じる。

「索敵範囲を拡大！　がっつり狩猟部が潜む向かいの山を後回しにして、オーダーアクターがいないか調査しろ！」

もしも、トリガーハッピーがこの場に来ているのならば、鹵獲《ろかく》すれば『野武士』以上の功績となりうる。

ただでさえ、がっつり狩猟部と正面からことを構えるわけにはいかないと、お互いに素性を察しながらも所属不明のままにらみ合っている状況だ。トリガーハッピーが流れ弾で行動不能に陥り、それを鹵獲《ろかく》しても咎《とが》められない状況が整ってしまっている。

然郷《しかさと》は思う。自分ならば、確実にトリガーハッピー鹵獲《ろかく》に動く。それは、がっつり狩猟部も同じだろう。

では、あのオールラウンダーは自分たちではなく、トリガーハッピーをおびき出すための囮《おとり》。

「……どうやって、トリガーハッピーの接近を知った？」

囮《おとり》にアリバイ工作を施したオールラウンダーを繰り出すくらいだ。元からトリガーハッピーがここに来ると知っていなければ用意できない。

対策は打ったが、然郷《しかさと》はまだトリガーハッピーが付近に潜んでいるという見立てに自信が持てなかった。

そもそも、がっつり狩猟部の本隊ならともかく、二軍がトリガーハッピーと戦って勝てるとも思えない。

まだ何か見落としがあるのか。それとも、自分たちをトリガーハッピー戦に巻き込み、漁夫の利を狙っているのか。

様々な可能性が脳裏を駆け巡ったその時、銃声が響き渡る。

雷でも落ちたかのような轟音《ごうおん》。立て続けに発射される銃弾が沢を登っているオールラウンダーに降り注ぐ。

静かな沢が一転、銃音を木霊《こだま》させる地獄の窯になる。

轟音《ごうおん》の正体が、アクター歴が長い然郷《しかさと》にはすぐに分かった。

「トリガーハッピーだ！　本当にいやがった！」

※

轟《とどろ》く銃声が沢に木霊《こだま》する。

瞬時に、千早《ちはや》はオールラウンダーを加速させ、その場から逃げ出した。

「なになになんで⁉」

すぐそばで木が弾《はじ》ける。足元で小石が銃弾に弾《はじ》かれて飛び上がり、隣の大岩に衝突して間抜けな音を奏《かな》でる。

並の銃の威力と連射速度ではない。重機関銃、それも二丁で狙われているとしか思えない。

命中率が悪いのか、単純に距離があるのか、オールラウンダーは最初の一撃で右肩の装甲を吹き飛ばされただけで被害がない。

だが、一撃だ。一撃で装甲が吹っ飛んだのだ。こんな場所にいたらハチの巣になる。

沢なんて開けた場所を逃げていたら不味《まず》いと、千早《ちはや》は遅れて気付く。

「や、山！」

左右の山に逃げ込めば、距離があるらしい相手からの攻撃も緩むはず。そう考えて、千早《ちはや》はオールラウンダーの進路を右に取る。

直後、右の山の中腹からの狙撃がオールラウンダーの左肩装甲を弾《はじ》き飛《と》ばした。

げようとした。

「なんでぇぇ⁉」

十字砲火に晒《さら》されている。千早《ちはや》はすぐさまオールラウンダーを反転させ、向かいの山へと逃げようとした。

直後、向かいの山から軽機関銃が弾丸の雨を降らせてきた。

オールラウンダーが背負っていたバックパックがぼこぼこに凹《へこ》む。冷蔵機能用のバッテリーに衝撃が伝わったのか、煙を噴き出した。

「ナンデェエエェ⁉」

十字砲火どころか包囲されている。

千早《ちはや》は泣きながらオールラウンダーを加速させて沢を一気に上っていく。

その時、背中のバックパックが火を噴いた。バッテリーが保《も》たなかったらしい。

バックカメラで火に気付いた千早《ちはや》は度肝を抜かれ、慌ててバックパックを放り出させる。

直後、バックパックから武器を取り出すと勘違いされたのか、三方向からの銃撃が襲ってきた。銃弾が乱れ飛び、小石が跳ねまわり、沢が水しぶきを上げ、バックパックがボンッと音を立てて小爆発を起こし、千早《ちはや》のオールラウンダーは最高速度で逃げ出した。

千早《ちはや》は全てのカメラ映像を見て敵機を探す。

後方からの連続した銃声に対し、右側から黒色火薬の間延びした発砲音、左からはドローンが数機飛び上がった。

だが、自分のもとに弾丸が届かない。正確には、散発的すぎて仕留める気がないように見える。

「な、なじぇ？」

混乱する頭が更なる情報を求めて、千早《ちはや》は何も分からないままモニターを注視する。

左側の山から飛び上がったドローンが向かいの山と、最初に千早《ちはや》のオールラウンダーへ銃撃を加えてきた背後の山へ向かっていく。しかし、ドローン数機の内、二機が不自然に弾《はじ》かれて墜落していた。

味方のドローンを落とすとは思えない。進路先の山からの銃撃で撃墜されたのだろう。

「……戦場？」

ここで千早《ちはや》はようやく、自分が戦場のど真ん中を暢気《のんき》にお散歩していたことに気付いた。

同時に、自分のオールラウンダーが狙われにくいことにも納得する。

戦力差がどうなっているのか千早《ちはや》には分からないが、紛れ込んだ一般貸出機のオールラウンダーなど脅威ではない。

自身の勢力が陣地を張っている山に接近してきたら追い払うものの、それ以上をする気はないのだろう。もちろん、邪魔者には変わらないので仕留める気もあるはずだが、それよりも目の前の敵が最優先。

千早《ちはや》はこれ以上巻き込まれないよう、戦場を背に沢を登りきり、大岩や大木を盾にしながら逃げた。

「怖ぁ……」

這《ほ》う這《ほ》うの体《てい》で逃げ切った千早《ちはや》は感圧式のマットレスの上に座り込んでバクバクと音を鳴らす胸を押さえて涙ぐむ。

システム画面を見ると、貸出機のオールラウンダーは左右の肩装甲を喪失し、バックカメラ破損、脚部にも一部異常が見られる。

自走可能な軽微の損傷だが、装甲を失っているため修理費が少しかかるだろう。クレップハーブの採集依頼をこなしても赤字になりかねない。

そもそも、帰れるのかもわからない。退路が戦場であり、これから戦線がどこへ動くかもわからないのだ。

千早《ちはや》はふらふらと立ち上がり、銃声にびくりと体を震わせる。連動したオールラウンダーがギシギシと音を立てた。

銃声が聞こえない距離までは逃げようと、千早《ちはや》はオールラウンダーに一歩を踏み出させて、気付く。

「……群、生、地」

オールラウンダーが立ち上がったことで見えた藪《やぶ》の後ろの傾斜面に、クレップハーブの群生地があった。

それも、ただの群生地ではない。本来は黄金《こがね》色の楕円《だえん》形をしているクレップハーブの実がやや赤みを帯びた球形になっている。

別種の可能性が頭をよぎり、千早《ちはや》は資源判別アプリの判断結果を見る。

アプリ上ではクレップハーブと識別されていた。

遺伝子サンプルを回収する依頼である以上、別種でもサンプルにはなるだろう。交雑種ができるなら品種改良の幅も広がる。

「ふ、ふひっ」

持ち帰らなくてはならない。貴重な、もしかしたらここにしかないかもしれない別種、変種の可能性だってあるのだ。

だが、持ち帰るための冷蔵機能付きバックパックは先ほどの戦場で捨ててしまっている。火を噴いていたことからも、回収して再利用は無理だ。

しかし、ここはあまりにも戦場に近すぎる。

千早《ちはや》は涙目のまま、震える手でパソコンを操作し、地図アプリを開く。現在位置をメモして、道中に見かけた破損機体の在処《ありか》へオールラウンダーの頭を向ける。

「ふ、ふふふっ不肖、兎吹《うぶき》千早《ちはや》、守るべきものができました……ふひっ」

※

戦場の誰の目から見ても、事態は混迷を極めていた。

他の勢力とぶつかる可能性は考慮していたが、三《み》つ巴《どもえ》の本格的な潰し合いとなると話が違う。

海援隊《かいえんたい》の仲間に指示を出しながら、然郷《しかさと》は歯嚙《はが》みする。

「あのオールラウンダーのせいですべてが狂ったな」

所属不明、おそらくはがっつり狩猟部が送り出した囮《おとり》。その囮《おとり》に対するオーダーアクター代表メカメカ教導隊長が操るトリガーハッピーの発砲が皮きりだった。

だが、解《げ》せない。

「なんで仕掛けたはずのがっつり狩猟部まで混乱してるんだ?」

海援隊《かいえんたい》とのにらみ合いの最中だったとはいえ、囮《おとり》を出したところで食いつかないだろうとがっつり狩猟部も分かっていたはずだ。

然郷《しかさと》が考える限り、あのオールラウンダーはトリガーハッピーを食いつかせるための餌だった。それは間違いないのだ。

「オールラウンダーを囮《おとり》にトリガーハッピーを釣り出す時点で作戦があったはずだ。向こうの作戦が破綻したきっかけはなんだ?」

向かいの山から来るがっつり狩猟部の射撃は今までのような統制されたものではない。狙撃後に動いた先で味方機と出くわして、こちらの攻撃を受けているアクタノイドもいる。

山間部における集団ゲリラ戦の雄であるがっつり狩猟部にはあり得ない混乱具合だ。

混乱の原因は分からないが、攻撃自体は止《や》んでいない。

そもそも、然郷《しかさと》は向こうの無様を笑えない。

自陣営海援《かいえん》隊も大混乱の最中だ。

側面から奇襲を仕掛ける形となったオーダーアクター側の火力があまりにも高すぎるため、対処の優先順位がブレてしまっている。

「敵は何機いるんだ？」

「レーダー上では四機、音響は戦闘音で把握できません。特異なエンジン音をしている機体が三機いるようですが」

部下からの報告に然郷《しかさと》は険しい顔をする。

三機や四機で出せる火力ではない。かなり高性能なステルス機能を有する機体がオーダーアクター側に交ざっているはずだ。

そのステルス機が背面に回り込んできた場合、山から沢へと追い出される可能性が高い。そうなれば、先ほどのオールラウンダーのように的になる。

ステルス機がどう動くか分からない以上、迂闊《うかつ》に戦力を動かせない。オーダーアクターの火力の変化に注意し、時勢を見極めねばならない。

だが、戦線が圧《お》されている現状で死守を命じると、職業軍人ではないアクターは士気が大幅に落ちる傾向がある。

おそらくは、がっつり狩猟部の指揮官も同じ問題に悩まされているはずだ。

それもこれも、あのオールラウンダーのせいだ。

戦場に混迷をもたらしたあのオールラウンダーは、どの勢力からしても邪魔だった。

そこに気付いた時、然郷《しかさと》の脳裏にある仮説が浮かび上がる。

「あのオールラウンダー、もしかして第四勢力か？　……いや、馬鹿な。第四勢力だとしたら、どうやってここに三陣営が集まると知ったんだ？　いくらなんでも、情報強者すぎる」

※

がっつり狩猟部を率いる平泉《ひらいずみ》は自身のスプリンター系リーフスプリンターを走らせながら、味方の被害報告を聞く。

「サイコロンがやられたか。ランノイドを保護し、森の木々を盾にして移動し続けるんだ！　トリガーハッピーの銃撃は受ければ即行動不能になる！」

重装備の機体がいる山向こうの海援隊《かいえんたい》とは違い、がっつり狩猟部の機体は身軽なモノが多い。

小回りが利《き》いて狩猟対象を追いかけられるうえ、省電力化を図って活動時間を延ばせるからだ。

だからこそ、高火力のオーダーアクターの登場は悪夢だった。

「クッソ。あのオールラウンダー、覚えておけよ……」

海援隊《かいえん》との睨《にら》み合《あ》いでも勝ち目は薄かったが、勝たずとも、相手のアクタノイドを釘付《くぎづ》けにできれば戦果としては十分だった。自分たちより腕が立つがっつり狩猟部の本隊が作戦目標である野武士の捜索に当たっているからだ。

だが、沢を登るオールラウンダーの登場を皮切りに状況は急変した。

オーダーアクターは民間クランにもかかわらず、所属アクターは全員がオーダー系アクタノイドを操る異様な集団だ。

海援《かいえん》重工を含むアクタノイド開発企業と真っ向から敵対しているにもかかわらず、一勢力として幅を利《き》かせるほどの実力者集団でもある。

正面切っての撃ち合いはあまりにも分が悪すぎる。

だが、好き放題させるのはあまりにも危険な相手である。今この瞬間も、本隊は野武士の討伐に向けて捜索中だ。そこにオーダーアクターが突っ込めば、本隊も全滅しかねない。

「――平泉《ひらいずみ》さん、もう無理です！」

「分かってる！　だが、ランノイドを失うと本隊の通信が維持できない！」

「そんなこと言っても、このままだと全滅しますよ⁉」

仲間の進言に頷《うなず》きたい気持ちもあった。

ここでランノイド系以外が全滅してもがっつり狩猟部としては大損失だ。ランノイド系そのものは戦力にはならない。

それでも、がっつり狩猟部という組織全体で見た場合、本隊が通信途絶で全滅するよりはまだマシなのだ。

問題なのは、がっつり狩猟部は個人アクターで構成されていることだ。各人の機体は基本的に操作しているアクターが資金を出している。

この場でランノイド系を死守しろという命令は、数百万から数千万の赤字を覚悟しろと言っているのに等しい。

一刻も早く打開策を見つけなくては、脱走者が出て戦線は崩壊する。

どうする、と平泉《ひらいずみ》は突破口を探してモニターを睨《にら》みつける。

いまも、がっつり狩猟部と海援隊《かいえんたい》がお互いに潜んでいる山に対して弾幕を張っている。木々がなぎ倒されるほどの銃撃は環境破壊の権化《ごんげ》だった。

「新界資源の保全をちっとは考えろよ、脳筋が！」

とにかく、被害を最小限にしつつ撤退する以外の選択肢がない。

平泉《ひらいずみ》が撤退支援に誰を殿《しんがり》にするかを考えた時、海援隊《かいえんたい》側の山から沢へとアクタノイドが転げ落ちてきた。

コンダクターのアクターが映像を共有しつつ、ボイスチャットで叫ぶ。

「向かいの山に野武士が出ました！」

巨大な矢が刺さったランノイド系アクタノイド、武僧が共有された映像に収められている。

状況がさらに悪化したのだ。

「ここで野武士が乱入するのかよ⁉」

平泉《ひらいずみ》は即座に思考を切り替える。

この場に最後まで残った勢力が野武士を鹵獲《ろかく》ないし破壊する機会を得る。野武士の襲撃を受けた海援隊《かいえんたい》は山を出るしかないが、勢力圏にある森ノ宮《もりのみや》ガレージが近いため、捨て身でぶつかってくる可能性が高い。

ぶつかるとすれば、最大火力を誇るオーダーアクターだろう。

平泉《ひらいずみ》たちがっつり狩猟部としても、これは好機だった。単独ではオーダーアクターに勝てるはずがないが、乱戦に持ち込めば勝機がある。

なにより、本隊を呼び寄せれば野武士との戦闘をしてくれる。

自分たちはここで露払いをすれば、作戦目標は達成だ。

平泉《ひらいずみ》は計算し、覚悟を決める。

「海援隊《かいえんたい》にあわせてオーダーアクターの戦力を削るぞ！　島津《しまづ》戦法だ。突っ込んで撤退！」

※

四百メートルほど戦場から離れても、激戦を物語る銃撃音がスピーカーを振動させる。

千早《ちはや》はアクタールームでパソコンを操作し、時折オールラウンダーの操作に戻って画面を見つめつつ細かい作業を進めていた。

「ふひっ……」

オーダー系アクタノイドでもない限り、機体を直接操作して起動キーを打ち込むことで通信することができる。機体の回収依頼で学んだことだ。

千早《ちはや》は放棄されたサイコロンとオールラウンダーを直接通信させ、視界をモニターに共有していた。

千早《ちはや》のオールラウンダーの周囲には手早く集めてきた放棄機体の腕や脚、手榴弾《しゅりゅうだん》などが集められている。

そして、目の前の木と木の間にはワイヤーが張られていた。

「ひとりぼっちの第四勢力、いきます……！」

千早《ちはや》のオールラウンダーはワイヤーの巻き取り機を起動し、セットしたサイコロンの頭部を撃ちだした。即席のワイヤーバリスタによりサイコロンの頭部が天高く昇っていく。

サイコロンはサイコロ型の頭部全方位に様々なカメラが配置された広視野と高解像度を特徴とする機体だ。宙を行く頭部は沢で争う三勢力の戦場を俯瞰《ふかん》する。その映像は通信で千早《ちはや》のオールラウンダーに提供され、千早《ちはや》の目の前のパソコンモニターに共有された。

激戦の直上を飛んでいる観測用のドローンたちの間を落下し、さらに戦場へと加速していくサイコロンの頭部。

地面への落下の衝撃でサイコロンの頭部は砕け、通信が途絶した。

「な、なむー。ふへっ」

千早《ちはや》は緊張のあまり薄気味悪い笑い声を上げる。

サイコロンのカメラは非常に優秀だ。おかげで戦場の情報を得ることができた。

沢を挟んだ左右の山から飛び出したアクタノイドたちが沢の下流にいるアクタノイドたちへと白兵戦を仕掛けたらしい。

矢が刺さったアクタノイドが転がっていたのは気になるが、それ以上に不可解な戦況になっている。

通常、アクタノイドでの白兵戦は起こらない。

ラグが発生するため、白兵戦が難しいのだ。常にコンマ数秒前の状況に対して、アクターが攻撃や防御、回避を選択する形になってしまう。

ここ静原《しずはら》山麓は電波がやや届きにくく、当然ラグが発生する。

オールラウンダーの装甲を弾《はじ》き飛《と》ばせる火力の持ち主たちが白兵戦を選択するのは、よほど差し迫った何かが起きた時だ。

優勢な側は当然、白兵戦を嫌って引き撃ちを行う。つまり、戦線が絶えず移動することになる。

あのアクタノイドたちは移動しながら乱戦を行い、周辺環境を破壊しながら暴れまわるのだ。

そこに、貴重な遺伝子を持つかもしれないクレップハーブがあろうと、蹂躙《じゅうりん》していくだろう。

千早《ちはや》はアクタノイドたちの動きを予測し、サイコロンが遺《のこ》してくれた映像と照らし合わせて乱戦のど真ん中を推測する。

別に、多少外れても構わない。

——数をばらまけば、周辺一帯吹き飛ばせるだけの火力は用意したのだから。

「ふひっ、クレップハーブには近寄らせ、ない」

他がどうなろうとも。

千早《ちはや》はサイコロンの脚や腕をワイヤーに引っ掛け、中に詰めた手榴弾《しゅりゅうだん》のピンを抜いてすぐにワイヤーの巻き取り機を起動した。

高速で巻き取られたワイヤーに引かれて、爆発物を詰められた腕と脚が空に弧を描く。

所属クランと自分の存亡をかけて、数百、数千万円の機体で乱戦を行う戦場のアクターたちの誰が予想しただろうか。

あの無力な囮《おとり》のオールラウンダーが戦場に戻ってきて混沌《こんとん》の雨を降らせることなど。

「着弾。次弾、装填。ゴー、ふひひひっ」

千早《ちはや》には戦場の様子は分からない。ただ、予測位置付近で手榴弾《しゅりゅうだん》が派手に爆発したことだけは、音で分かる。

そして、次弾が空へと打ち上がる。

戦場に飛来するアクタノイドの手足は内部の手榴弾《しゆりゆうだん》を破裂させて周辺を吹き飛ばし、ばらばらになった個々の部品が爆風に乗って更なる破壊をもたらす。

金属でできているアクタノイドにとって、クラスター爆弾化したところでさほど脅威ではない。

そもそも、観測もしていないあてずっぽうの投擲《とうてき》だ。本来は被害が出るはずもないのだ。

だが、三勢力による乱戦の現場となれば直撃が起こりうる。実際、三機ほどが爆発を受けて大破、炎上していた。

なによりも、上空からの攻撃を誰も想定していなかった。味方を巻き込む無差別爆撃などこの馬鹿が仕掛けたのかと大混乱になっていた。

付近には各々《おのおの》の勢力の作戦目標である野武士がいる。爆発で大破しては分析や研究に支障が出てしまう。

仕掛けたのは自分の勢力ではない別の二勢力のどちらか。野武士を無事に鹵獲《ろかく》するためにも、ここで徹底的に叩《たた》かなくてはいけなくなった。

結果、乱戦はさらに加速する。

そんな戦場の思惑など知りもしない千早《ちはや》は、ただ一人の第四勢力として無意味に多大な戦果を叩《たた》きだしていた。

三弾目の装填を終え、ワイヤー巻き取り機が作動する。

乱戦の周辺に散らばった手榴弾《しゆりゆうだん》は、それまでの爆撃や三勢力の戦闘で荒れた山林の腐葉土を抉《えぐ》り、爆風で舞い上げる。

密集したが故の電波混線に加えて、爆風と巻き上げられた腐葉土による電波攪乱《かくらん》、腐葉土を被《かぶ》ったランノイド系の電波が弱くなり、戦場の通信状況が極端に悪化した。

ただでさえ電波が届きにくい静原《しずはら》山麓での通信悪化は致命的だった。

通信量の多い機体が一斉にスペックを落とし、場所や機体によっては通信が途絶する。

そこに、野武士が刀を振り上げて殴りこみ、生き残りを狩り始めた。

そんな戦場の変化など、千早《ちはや》のもとには届かない。

千早《ちはや》にあるのは使命感だ。クレップハーブを守り抜くという、戦場の誰とも目的意識を共有していない傍迷惑《はためいわく》な使命感だ。

なにかを守るための争いは別のなにかを犠牲にする。

だが、千早《ちはや》は自らの爆撃で野武士がスクラップになろうとまったく興味がない。

第四弾が撃ちだされ、戦場に更なる破壊をもたらした時、三勢力はこれ以上の戦闘継続は不可能と判断し、一斉に撤退を開始した。

彼らは誰がこんな無茶苦茶な爆撃を行ったのか分からない。名指しで批判できない彼らは、それぞれがスピーカーをオンにして互いに向けて叫んだ。

「ふざけんなよ、ボマー！」

※

最後の爆薬内包アクタノイドの腕をワイヤーに装填していた千早《ちはや》は、スピーカーが大人しくなったことに気付く。

「……静かに、なった？」

戦闘が終わったのだろうか。だとすれば、自分も一度離脱した方がいいかと、千早《ちはや》はオールラウンダーの首を動かす。

「あれ？」

メインモニターに黒い何かが映った気がした。

すぐにそちらにカメラを向けた千早《ちはや》の顔から血の気が引く。

猛烈な勢いで黒いアクタノイドが接近してきていた。

「ひっ、バレた！　ごめんなさい！」

オールラウンダーの内蔵スピーカーの電源も入っていないのに、千早《ちはや》は反射的に謝る。

黒いアクタノイドが止まるはずもない。

千早《ちはや》はオールラウンダーを後ろに跳躍させつつ、敵機を見る。

猫耳と尻尾がついた、黒い広袖メイド服型のボディラインという女性型のアクタノイドだ。

見覚えのない機体だが、あまりにも趣味に走りすぎている。確実にオーダー系アクタノイドだ。

戦場がある方向から来たということは、千早《ちはや》の爆撃の仕返しをしに来たのだろう。

千早《ちはや》は逃走に移ろうとしたが、すぐにあきらめた。

敵機があまりにも速すぎるのだ。時速二百キロメートル以上を出している。スプリンター系でも逃げ切れるか怪しい速度である。

ラウンダー系のオールラウンダーでは到底逃げ切れない。後ろから撃たれるのがオチだ。

「や、やば、やばぁ」

慌てながら、千早《ちはや》はオールラウンダーを操作する。

オールラウンダーが手元に持っている爆薬内包の腕を投げつけようとするのと同時に、敵機が右腕を持ち上げた。

広袖メイド服に似たそのボディラインに見覚えがあった千早《ちはや》は、反射的にオールラウンダーを後ろに大きく跳躍させつつ爆薬内包の腕を手放した。

メインモニターが一瞬、真っ白に染まった。思わず片目を閉じながら、千早《ちはや》は腕を動かす。

至近距離での爆発音は大音量となりスピーカーを通して千早《ちはや》のアクタールームに木霊《こだま》した。

直後、システム画面が大量のエラーを吐き出す。

脚部装甲喪失、右手喪失、右肩機能停止、右サブカメラエラー。

赤文字で埋め尽くされるシステム画面にビビりながら、千早《ちはや》はスピーカーから地鳴りや土砂

崩れのような重々しい連続の銃撃音が鳴っていることに気付く。

敵機があの速度で接近しながら重機関銃を連射しているのだ。

「うそぅ!?」

重ラウンダー系でも、重量や反動が大きい重機関銃を走りながら撃つのは難しい。まして、時速二百キロメートルで走り込みながら撃てる代物ではない。

いくらオーダー系アクタノイドとはいえ、規格外にもほどがある。

それでも、千早《ちはや》はオールラウンダーの左手を操作し、突撃銃『ブレイクスルー』の銃口を敵機に向けていた。

メインモニターが復帰し、至近距離にまで近づいていた敵機の姿を映し出す。

敵機もモニターが回復したばかりだったのか、胴体に向けられた銃口にわずかながら速度を緩めた。

回避される前に引き金を、そう思った千早《ちはや》が指を動かした瞬間、モニターの向こうで信じられないことが起きていた。

あろうことか敵機はオールラウンダーの頭上を軽々と跳び越え、空中で捻《ひね》りを加えてオールラウンダーの真後ろに着地、バックカメラに映ると同時に腕に内蔵された重機関銃をオールラウンダーの頭部に突き付けていた。

「何その動き……」

アクタノイドとは思えない身軽さに唖然《あぜん》とする千早《ちはや》だったが、左手は敵機が飛んだ瞬間からオールラウンダーを操作していた。

突撃銃の銃口をオールラウンダーの首に向け、顎と胸部装甲で固定、首越しに真後ろの黒いアクタノイドを狙っていた。オールラウンダーの身体《からだ》で死角を作り、銃を隠したのだ。

千早《ちはや》は躊躇《ちゆうちよ》なく引き金を引く。至近距離で放たれた弾丸が自機の首を吹き飛ばす。

人型機械とはいえ、アクタノイドは頭部がなくても動くことができる。頭一つでオーダー系アクタノイドを消せるならば、売却金でおつりがくる。

オールラウンダーの首を吹き飛ばした弾丸の数発が敵機へと死角から襲い掛かった。

流石《さすが》に驚いたらしい敵機が頭部についた猫耳を片方吹き飛ばされながらも後退し、両袖の中に格納された重機関銃でオールラウンダーの脚部を撃ち抜いた。

左手と胴体だけになったオールラウンダーが地面に転がる。

敵機がオールラウンダーの左手を踏みつけ、右腕の銃口をオールラウンダーの胴体に向ける。

千早《ちはや》はへなへなと感圧式マットレスに座り込んだ。敗北と同時に赤字も確定した瞬間だった。

しかし、千早《ちはや》に聞こえてきたのは最後の銃声ではなく、女性の声だった。

「――いくら自分の体じゃないからって、首を撃ち抜いて攻撃するとか正気じゃないでしょ。話したいことあったのに、聞こえてる？」

「……ええ？」

まさか会話を仕掛けてくるとは思っていなかった千早《ちはや》は目を白黒させつつ、オールラウンダーのシステム画面を見る。

至近での爆発や喉への攻撃による頭部の切り離しにより、映像受信はおろか拡声器でのやり取りもできない。

しかし、集音器は生き残っており、敵機の声は聞こえていた。

敵機のアクターは言う。

「名乗っておくよ。オーダーアクター代表、メカメカ教導隊長だ。いやぁ、たった一人で無茶苦茶やってくれたね、マジで」

民間クランオーダーアクターのトップ、メカメカ教導隊長。

個人としては最強と名高い有名アクターだ。千早《ちはや》ですらアカウント名を見かけたことがあるほどの有名人である。

「じゃあ、さっきの黒いのって……どうりで、強いと思った……」

先ほどの黒い機体が現状最強のアクタノイド、通称トリガーハッピーだと気付いて納得する。

戦闘が嫌いな千早《ちはや》が一番喧嘩《けんか》を売ってはいけない相手だ。

クレップハーブを守るためとはいえ、自分から参戦したのだから自業自得《じごうじとく》。そう分かっていても、千早《ちはや》は涙目でうなだれた。

「おーい、返事してよー？　あ、スピーカーが壊れてるのか」

メカメカ教導隊長が呆《あき》れたように言う。

「逆探知が怖いから通信を直接つなげるのは身内だけって決めててね。聞こえてるといいんだけど。左手、動く?」

千早《ちはや》はシステム画面をちらりと見る。赤文字だらけで分からないが、左手を動かす気にはなれなかった。

爆撃でどれくらいの被害が出ているのか分からないが、請求されたら確実に破産する。

その時、千早《ちはや》はメカメカ教導隊長の声に聞き覚えがあるのに気が付いた。

「……もしかして、あの酔っぱらいの、女の人?　いや、ない、よね。さすがに、そこまで迷惑かけられて、ないと思いたい」

でも、メモ紙と一万円を返してないし、と悩んだ千早《ちはや》は、続くメカメカ教導隊長の言葉に顔を青ざめさせる。

「ちょっと話したいからさ。三日後の午後五時に灰樹山脈《はいじゆさんみやく》のエリア七に来て」

それだけ言って、メカメカ教導隊長が操る敵機の足音が遠ざかっていく。

千早《ちはや》はガタガタ震えて呟《つぶや》いた。

「ふ、不良の、呼び出しぁ……」

※

「一、十、百、千、万、十万……」

百万円の赤字。

「い、一、十──」

何回数えても結果は同じ。

千早《ちはや》は請求書の額面を見て口元が引《ひ》き攣《つ》っていた。

貸出機のオールラウンダーがトリガーハッピーの重機関銃で大破した。それだけならまだ、保険が下りる。

だが、今回は事情が複雑だった。

千早《ちはや》は逃げることもできたのに、新遺伝子のクレップハーブを守るために自ら戦闘に介入している。オールラウンダーのブラックボックスを調べれば、自らの意思で手榴弾《しゅりゅうだん》を投擲《とうてき》したことが分かってしまう。

どれほどの被害を出したのかは分からない。被害を受けたアクターたちが名乗り出るのは考えにくい──だが、可能性はゼロではない。

少なくとも、オーダーアクター代表のトリガーハッピーは自ら乗り込んできた。怒っているアクターは絶対にいるのだ。

大破して現場に放置されているオールラウンダーを回収されると、千早《ちはや》の爆撃で生じた被害を請求されかねない。それなら、オールラウンダー一機の喪失として保険を受けずに請求額を支払った方が赤字は少ない。

それでも百万円。

「ふっうえぇっへ……」

通帳が見たこともない数字の動きをしている。

高校卒業してまだ一か月足らず。それでも多額の貯金があったが、今回も前回も赤字。百万円もの赤字だ。

恐怖が胸にわだかまり、背筋が寒くなる。

千早《ちはや》は数字が並ぶ頭でかろうじて状況を表す単語をはじき出した。

「……ギャンブル」

依頼を一回受けるごとに、赤字か黒字かのギャンブルをしている。それも、数万から数百万円の規模でするギャンブルだ。

「馬鹿なの、では？」

身も蓋もなく自分たちアクター全てを言い表して、千早《ちはや》はスマホを床に置いた。

アクターは損得勘定もできない馬鹿の集まり。さもなければ、千早《ちはや》のように他に逃げ場がなかった社会不適合者だ。

「なんだっけ？　……蠱毒《こどく》？」

孤独《ぼっち》な千早《ちはや》は妙な納得感を得て、一息つけるため水筒を手にした。

ストローからちゅーっと水を吸って、千早《ちはや》はふぅとため息を吐き出す。小学生の遠足からストロー付きの水筒を愛用しているのは、呼吸を整えるのを誤魔化せるからだ。ため息一つ人前では誤魔化さないと絡《から》まれてしまう自分の社会的な弱さが悲しい。

ため息をつく暇もなくメカメカ教導隊長に絡《から》まれてしまったわけだが。

「……どうしよう」

行けば死ぬ。逃げれば追いかけられて死ぬ。つまり死あるのみ。

なら、行って弁明する方がまだマシな結果を引き寄せられる。まともなコミュニケーション能力を持っていればの話だが。

詰んでいる気がした。

「……よし、行こう」

メカメカ教導隊長の呼び出しに応じよう。向こうがなにを話したいのかは分からない。文句を言うだけなら、大破したオールラウンダーにぶつけるはず。そう思いたい。それに賭けよう。

わざわざ呼び出して文句を確実にぶつけたいというなら、千早《ちはや》はパソコンのスピーカーの電源をオフにしておけばいい。現場に行くのにオールラウンダーを借りることになるが、向こうがオールラウンダーを壊して溜飲を下げてくれれば、今後の依頼にまで邪魔してくることはないだろう。――ないと思いたい。

「百万円かぁ……」

オールラウンダー一機の弁償費用が百万円。メカメカ教導隊長の呼び出しに応じる以上は百万円の赤字を覚悟しなくてはいけない。

赤字続きの今、さらに百万円の赤字。しかも、履歴が残るのでこれから貸出機を借りにくくなるかもしれない。誰だって、機体を壊してばかりのアクターには貸したくない。バイオハザードを警戒して洗浄作業などを経るため、機体を新界に入れるのも費用が掛かるのだから。

「あ、安全と安心を買うための、と、投資、だから……」

機体を大破させても、その後の仕事が安全ならいい。いいはずだ。いいと思いたい。いいのだろうか。

千早《ちはや》は急速に膨れ上がっていく不安から必死に目を背け、貸出機の予約を入れた。ほどなくして、予約が受け付けられて該当のオールラウンダーは予約済みの表示に代わる。

この予約受け付けも、いままで機体を大破させた履歴を参照してから判断される。大破させた機体が多いほど「お前、壊すから貸したくないんだわ」とお断りされるのだ。

「戦闘依頼だけでも、ズキズキするのに……」

胸を押さえながら、千早《ちはや》は涙がこぼれそうな眼《め》を固く閉じる。

メカメカ教導隊長が指定した灰樹山脈《はいじゆさんみやく》エリア七の座標を調べる。

灰樹山脈《はいじゆさんみやく》は新界の大陸西寄りの内陸部に存在する巨大な山脈だ。九のエリアに分けられている未開拓領域で開拓最前線の一つらしい。

民間クラン、新界ツリーハウジングが多数のツリーハウスを建て、移動基地局を置くことで簡易的に電波を届かせているとのことで、通信途絶からの機体ロストの危険は少ない。

いや、少なかったというのが正しい。近年、盗賊アクターがアジトを構えたとの噂《うわさ》があり、機体が突然破壊されたり通信途絶でロストする事件が多発している。

こんなところに千早《ちはや》を呼び出した理由――

「あっ、察し……」

今後の安全と安心を買うため、千早《ちはや》は借り受けたオールラウンダーにアクセスし、灰樹山《はいじゆさん》脈《みやく》エリア七へと急いだ。

三日の猶予があるとはいえ、オールラウンダーの脚でぎりぎり間に合うくらいの時間設定だ。機体を壊されるために急いでいる自分にむなしくなり、千早《ちはや》は何度もバックレたくなった。

しかし、就活失敗の末にようやくたどり着いたアクター稼業《かぎよう》をこんな事で廃業するわけにはいかない。これで溜飲《りゆういん》を下げるならよし。もしも、今後も千早《ちはや》をつけ狙うというのなら――

「……その時はその時で」

全面戦争を始めてみたところで、素人《しろうと》アクターの自分一人でどうにかできる相手ではない。

道中も散々に悩みながら到着した灰樹山脈《はいじゆさんみやく》の端で、千早《ちはや》はモニター越しに雄大な景色を眺めつつ軽食を摂る。

灰樹山脈《はいじゆさんみやく》というくらいだから灰色の木があるのかと思いきや、何の変哲もない広葉樹林帯が広がっていた。

高低差の激しい山の連なりは頂上まで木でおおわれているように見える。しかし、調査の結果、森林限界を超えた位置に木のように見える多年草が生息しているらしい。互いに絡《から》まり合って背高く生長していくこの多年草は灰色の花を咲かせ、花盛りを迎えると山の頂上が灰に覆われたような光景が広がり、それが地名となっている。

「な、なるほど……」

サンドイッチを片手にネット検索で調べた由来を読んで、千早《ちはや》は予備モニターに表示しているオールラウンダーの状態を見る。

予備モニターの表示はオールグリーン。だが、実際に操作する千早《ちはや》の感覚では右足が不調をきたしている。膝や足首の可動域が狭く、心持ち高く足を上げないとつま先が地面を擦るのだ。

オーダーアクターに襲われた場合、逃げ切るのに絶望的な不具合である。

「君のお墓がこの山のどこかにできるんだよ……。ごめんね……」

モニター越しにオールラウンダーに手を合わせ、千早《ちはや》は覚悟を決めた。

エリア七と呼ばれる地域へオールラウンダーを歩かせる。もうどこから襲撃を受けてもおかしくない。オーダーアクターと会う前に野生動物や盗賊アクターにオールラウンダーを壊されたらせっかく覚悟を決めた意味もない。

突撃銃を構え、太い樹《き》の幹を盾にしてクリアリングを徹底する。回線状況も悪いが、靄《もや》が立ち込めて視界そのものも悪い。

エリア七に来いとは言われたものの、正確な待ち合わせ場所は分からない。一口にエリア七といっても富士《ふじ》の樹海がすっぽり収まるくらいには広く、高低差も激しい。等身大の人型機械であるアクタノイド同士が出くわす可能性はかなり低いほどだ。

しかし、オーダー系アクタノイドだけでクランを作ったオーダーアクターならば、この広範囲をカバーする索敵手段があるだろう。待ち合わせに選んだのはメカメカ教導隊長であり、事前に網を張っていると考えるのが妥当だ。

「早く見つけてくれないかな……」

いま思えば、自分がすっぽかすことばかり考えていたが、オーダーアクター側が来ないという可能性も十分にあり得る。

「遠くから私のことを見てて『本当に来ちゃったよ、あいつ』とか、言ってたり、ふへへ」

千早《ちはや》は嫌な思い出に引《ひ》き攣《つ》った笑みを浮かべた。

千早《ちはや》が卑屈な思い出に呑《の》まれそうになったその時、靄《もや》の向こうから黒いアクタノイドが姿を現した。

特徴的な猫耳がついた頭部と広袖型の腕部。オーダーアクター代表、メカメカ教導隊長の愛機トリガーハッピーだ。

千早《ちはや》は突撃銃の銃口を下げ、地面に向ける。敵意はないと示す意味もあるが、もう煮るなり焼くなり好きにしてくれと自暴自棄になっていた。

卑屈で自棄《やけ》で負のオーラに包まれている千早《ちはや》をよそに、画面の向こうでトリガーハッピーが陽気に手を振ってくる。

「やっほー。よく来てくれたね！　お話ししたかったんだー」

メカメカ教導隊長がトリガーハッピーの内蔵スピーカーを使って声を掛けてくる。高性能なボイスチェンジャーを使っていなければ、明らかに女性の声だ。

その声は、千早《ちはや》に絡《から》んできたあの酔っぱらい女の声に聞こえる。

「……うーん」

もしも、このメカメカ教導隊長があの酔っぱらい女だとしたら、預かっている一万円やメモ紙を返して今度こそ完全に縁を切りたいところ。だが、本人確認ができない以上、身バレにつながるこの話題は避けたいのが千早《ちはや》の本音だった。

千早《ちはや》が悩んでいる間にもメカメカ教導隊長は続ける。

「本当は、いろいろと話を聞きたかったんだけど、ちょっとまずいことになっててね」

まずいこと、と聞いても千早《ちはや》は珍しく顔色一つ変えなかった。

どうせこのオールラウンダーは壊される覚悟ができているのだ。不測の事態が起ころうと、こうして出向いて筋を通した時点で千早《ちはや》は目的を達している。

千早《ちはや》の沈黙をどうとったのか、メカメカ教導隊長はわずかに探るような間を挟んだ後で告げた。

「正体不明のアクタノイド部隊が隣のエリア八に展開しててさ。君の差し金？」

流石《さすが》に聞き捨てならないと、千早《ちはや》は目を丸くした。

このオールラウンダーを差し出して矛を収めてもらおうとやってきたのに、無関係の部隊を展開してオーダーアクターと全面戦争に備えているなんて思われたらここまで来た意味がない。

慌ててオールラウンダーの内蔵スピーカーとボイスチェンジャーを起動して答える。

「無関係、です」

「そっか。じゃあそういうことにしておこう」

しらばっくれてるだけでしょ、と言いたげなメカメカ教導隊長の言葉に、千早《ちはや》は涙目になる。

メカメカ教導隊長がエリア八方面を気にするそぶりを見せつつ、話を戻した。

「長々お話しできる空気でもないし、単刀直入にいこうか」

本題に入った空気に、千早《ちはや》はオールラウンダーの冥福を祈って手を合わせ、瞼《まぶた》を閉じる。

しかし、メカメカ教導隊長の本題は千早《ちはや》の予想とは全くの別件だった。

「君に、野武士の鹵獲《ろかく》を手伝ってほしいんだ」

いま世間を大いに騒がせる話題のアクタノイド、野武士。

千早《ちはや》は機体の回収依頼で出くわした野武士の姿を思い出して身震いした。

絶対に嫌。命が、いや機体がいくつあっても足りない。

「手伝ってくれたら、オーダー系を一機仕立てるよ。少し時間はかかるけど――」

「お、お断りです」

報酬の話をしだすメカメカ教導隊長に対して、食い気味に断る。

メカメカ教導隊長が驚いたように口を閉ざした。

オーダーアクターは企業をも凌駕《りょうが》する技術者集団だ。所属機体は趣味に走ったピーキー仕様の機体ばかりだが、それは所有者の戦闘スタイルを最大限生かすためのもの。使い手に合わせた正真正銘の専用機を製作するのがオーダーアクターなのだ。しかも、メカメカ教導隊長は現在最強と名高いトリガーハッピーの製作者である。

そのメカメカ教導隊長がオーダー系アクタノイドを作るという破格の条件。使えば多大な戦果を、転売すれば多額の技術料を約束するその条件を食い気味に断る――骨董品《こっとうひん》オールラウンダーの使い手。

誰もが絶句し、ともすれば馬鹿にする気かとメカメカ教導隊長が怒り出しても仕方がない。

だが、千早《ちはや》の頭にあるのは野武士との戦いなんて冗談じゃないという拒否反応のみ。

「絶対、嫌です」

ダメ押しの拒絶。

対するメカメカ教導隊長は沈黙を破って笑い出した。

「あはっははっは。ふつう断る？　本当に面白いね、君！　絶対に乗ってくると思って設計どころか製作段階に入ってるのにさぁ。まぁ、そんなハチャメチャ振りが気に入って声をかけた手前、君の判断は尊重するよ」

まだ笑いの波が引かないのか、ひとしきり笑い声を響かせたメカメカ教導隊長はトリガーハッピーを操作して千早《ちはや》のオールラウンダーに対し背を向けた。

「じゃ、交渉決裂ってことで。ただお互いに邪魔はしない方針で、場合によっては利用し合う、そんな形で行こう。こっちの目的は野武士の鹵獲《ろかく》、または破壊。君が自分のモノにしたいって言うなら――壊すよ」

野武士だけではなく。千早《ちはや》が使っている機体も含めているともとれる破壊宣言に対し、千早《ちはや》はノータイムで応じた。

「いらないです」

野武士なんていらない。ただ戦闘に巻き込まれることなく平穏な日常を送って平和な依頼をこなしていたいだけなのだ。

そんな千早《ちはや》の想《おも》いを知るはずもなく、メカメカ教導隊長は小さく笑った。

「あはっ。だろうね！　野武士の技術が欲しいなら私の提案を断るわけないし。君は壊す方面で動いてくれればいいよ。残骸はこっちで処理させてもらう。じゃあねー」

ひらひらと後ろ手を振る人間臭い動作をして、トリガーハッピーが靄《もや》の中に消えていった。

残された千早《ちはや》は狙撃を警戒して木の陰に隠れる。

しばらく警戒し続けるが、何も起こらない。

「……ほ、本当に、いなくなった？」

まさかお礼参り的な呼び出しではなく本当に交渉したかっただけだったとはいまだに思えず、千早《ちはや》は抜き足差し足でオールラウンダーを帰還させる。

いつ撃たれるかとヒヤヒヤしながら灰樹山脈《はいじゅさんみゃく》を抜け出て、千早《ちはや》はオールラウンダーを最高速でガレージに向かわせる。

「ふふっへへっ」

緊張と諦観を携えてこんな辺境までやってきたが、結果だけを見れば何も失わずに済んだ。

むしろ、今後は野武士戦に巻き込まれたとしてもオーダーアクターから問答無用で排除されない。むしろ、消極的に協力できる約束を取り付けた。

なんだかよく分からないが、オーダー系アクタノイドを作ってあげてもいい、程度には好感度を稼いでもいるらしい。コミュ障ボッチ千早《ちはや》にとってはこれまでの人生をひもといても理解できないレベルのパーフェクトコミュニケーションだ。

「は、初めてのアクターのお友達、なのかな？　怖い人だけど……」

理解できないのはパーフェクトコミュニケーションではないからだと、いきなり暴れるやべ奴《やつ》を大人しくさせるための玩具を作ってあげるよと提案されただけなのだと、千早《ちはや》には分からない。

「嫌われ者の野武士のアクターさんより、好感度は上だもんね。ふへへ」

比べる相手が底辺な点だけは間違っていなかった。

※

「まさか断られるとはね」

思い出し笑いをしながら、メカメカ教導隊長こと大辻鷹美弥《おおつじたかみや》は指の動きを確かめて作業に取り掛かる。

メカメカ教導隊長が操るのは廃品を寄せ集めたような人型のアクタノイド。アクタノイド開発用に製作した専用のメディカロイド系に分類される機体、撃てない子だ。

大辻鷹《おおつじたか》がまだアクターになりたての頃、金欠ながら大破したアクタノイドを寄せ集めて自主製作したオーダー系アクタノイドである。

未知の細菌などを警戒して洗浄作業を挟むため、新界と日本の間での輸出入は難しい。しかし、アクタノイドは頻繁に破壊されたり土や猛獣の血などで汚染されるため、修理や整備の必要に迫られる。

そこで開発されたのが、遠隔で簡易的な修理や整備を行えるメディカロイド系だ。その仕様上、海援《かいえん》重工などのアクタノイド製造企業でもなければ所有する意味がないにもかかわらず、手先の繊細な動きが必要なため非常に高価な機体である。

アクタノイド開発企業が技術の粋を集めて作るそんなメディカロイド系を自作してしまえる点からも、オーダーアクターの異常な技術力が窺《うかが》える。

そんな貴重なメディカロイド系を使って大辻鷹《おおつじたか》が作っているのは、ボマー用に設計開発しているオーダー系アクタノイドだ。

交渉は決裂してしまったが、せっかく設計したのだから作ってみたい。使い道は後で考えればいいのだ。企業に所属していたら絶対に予算が下りないこんな趣味の産物も、オーダーアクターというクランは平気で支援できる体制が整っている。

「たいちょー、指の関節増やした方が絶対おもろいですってー」

「制御系が煩雑になるだろーが。それなら手を取っ払って手首を筒状にしてさ。ピッチングマシンみたいにしちゃおーぜー」

「は？　馬鹿なの？　関節を増やすことで繊細な変化球を投げられるのが操作の楽しみを倍増させるんでしょーが」

「ははっ、馬鹿なんてレッテル貼らないと自説の正当性も主張できないの？　語るに落ちてんねぇ？　銃弾より早く手榴弾《しゅりゅうだん》を投げることなんてできないんだから、投擲《とうてき》まで短時間で済むピッチングマシン式が最適解だっつーの。利便性を考えてみ？」

「利便性って話なら投げる直前まで臨機応変な関節増の方が上ですぅー。銃弾の速さとか言い出したら投げる時点で撃たれてるんだから、物陰から投げるに決まってるでしょ？　そんな前提条件に考えが及ばないところを馬鹿って端的に指摘してあげているのに自分で考えもせず『レッテルー』とか言い出すのが最高に馬鹿で傑作」

手伝いに呼んだだけのクランメンバー二人の喧嘩《けんか》をニヤニヤしながら聞き流し、大辻鷹《おおつじたか》は設計図を確認する。

方向性の違いで喧嘩《けんか》になっているが、二人の意見はそれぞれに酌《く》むべきメリットがある。

当の二人も方向性の違いを互いに理解したうえで口喧嘩《くちげんか》を楽しんでいる。

オーダーアクターは我の強い技術者の集団だ。自分が好きな物こそが至高であり、それを実現するための技術を欲《ほっ》してクランに所属している。口喧嘩《くちげんか》を通して互いに譲れない一線を明確にし、互いに目指す至高の折衷案を割り出して技術共有を図る。

オーダーアクターにおける口喧嘩《くちげんか》とは、ありていに言えば、面倒くさいツンデレ会話である。

そしてこの場合の技術とはアクタノイド開発だけでなく戦闘技術すら含むため、爆発物ばかりを多用する異様な戦闘スタイルを持つボマーを勧誘したかった。

「ボマーを引き込めれば実戦データが取れたのにね」

大辻鷹《おおつじたか》が口喧嘩《くちげんか》に口をはさむと、二人が全く同時に悔しそうに唸《うな》った。

「もったいないなぁ」

「もったいないねぇ」

二人の反応に、大辻鷹《おおつじたか》はマイクをオフにして笑う。

ボマーそのものはどうでもいいのだ。欲しいのはその実戦データなのだから。

「ボマー対野武士なら、ガオちゃんも大満足だと思うんだ」

寿引退したオーダーアクター副隊長、ガオライオーン。ソフト開発の天才にして完全自動の戦闘ＡＩを搭載した野武士の製作者。

対抗するのが近ごろ話題の爆弾魔にして、静原《しずはら》山麓でたった一機の第四勢力として他三勢力に多大な被害を出したボマー。

戦闘データを結婚祝いに送ってあげれば爆笑してくれるだろうと容易に想像できるだけに、断られたのは二重の意味で悲しい。

「隊長が製作した機体《ハード》と副隊長が製作した野武士《ソフト》の戦い」

「絶対面白いカードだったのになぁっ！」

二人の感想は大辻鷹《おおつじたか》の本心と完璧に一致していた。

だが同時に、大辻鷹《おおつじたか》は半ばまで完成している目の前のボマー専用オーダー系アクタノイドを眺めて、一つの懸念《けねん》を抱いていた。

ボマーは用意された舞台と役割で踊ってくれる相手なのかと。

オーダーアクター製の機体を提示されても即座に断るあのボマーは——舞台ごと他の演者を巻き込んで爆破するのではないかと。

「それはそれで面白いか」

「隊長、なにか言いました？」

「面白い話なら聞きたいです」

「サプライズ的な奴《やつ》だから内緒！」

舞台ごと爆破する気なら、野武士争奪戦の演者の一人として、こちらもサプライズを仕掛けてあげよう。

だって、その方が面白い。

大辻鷹美弥《おおつじたかみや》はクスクスと笑いながら、ボマーを想《おも》って目の前のオーダー系アクタノイドの製作に集中した。

※

同時刻、角原為之《かどはらためゆき》はビル最上階の専用部屋で報告を待っていた。

パソコンに届いたメールを即座に開く。

差出人は庭場保。見覚えがない名だ。偽名だろう。

「ん？　マスクガーデナーからか」

マスクガーデナー、巷《ちまた》でそう呼ばれている外国の特殊工作員であり、日本新界に入り込んで資源を盗み出している角原《かどはら》の取引先だ。

新界に唯一直接関わる国会議員として名を売る角原《かどはら》の資金源は大部分が新界資源の密輸で成り立っている。

マスクガーデナー側からメールが来るのは珍しいが、特定の資源を注文でもしてきたのか。

メール本文を開いて目を通す。

「……ほぉ」

興味深い内容だ。

角原《かどはら》が待っていた報告ではないが、関連するものでもある。

ノックもなく扉が開き、護衛にして側近の伴場《ばんば》が入室する。呆《あき》れて睨《にら》むだけの角原《かどはら》を見て、伴場《ばんば》は足を止め、開いたままの扉を拳で叩《たた》いた。

「失礼しています」

「本当にな。報告を聞こう」

無駄話を続けても仕方がないと、本題を促す。

伴場《ばんば》は踵《かかと》を揃《そろ》えて背筋を伸ばした。

「万事順調で。三日前のボマーによる無差別爆破攻撃ほど被害は出してませんが、これを模倣する形でがっつり狩猟部、海援隊《かいえん》への妨害活動を計七回にわたり行いました」

三日間で七回。かなりのハイペースだ。がっつり狩猟部も海援隊《かいえん》も相当頭に来ただろう。

角原《かどはら》は嫌味な笑みを浮かべた。

「やるじゃないか。よく捕捉できたな」

何人か部下をつけたが、一日当たり二回の襲撃ができるほど相手の動きを把握するのは難しいはずだ。角原《かどはら》が襲撃される側であれば、確実に内部情報の流出を疑い、スパイを炙《あぶ》り出《だ》しにかかる。

伴場《ばんば》は肩をすくめて、手口を教えてくれた。

「野武士を捜索するためには音響索敵と高レベルの画像解析力が必須なんで、機体の構成を見れば目的は割れます。まぁ、連中も狙われる編成だと理解したでしょうから、これからは襲撃ペースも落ちるかと」

「十分だ。連中にボマーを意識させる目的は達成した」

角原《かどはら》が伴場《ばんば》に出した命令は「ボマーに成りすまして暴れろ」という単純なものだ。

別の部下にはボマーに成りすまして野武士鹵獲《ろかく》、破壊作戦への妨害予告をネットに出すよう指示している。

ボマーの名は着実に定着しつつある。所構わず爆発物を投げ込む危険なアクターとして。

「伴場《ばんば》、お前の仕事の成果を見せてやろう」

角原《かどはら》が机においてあるリモコンを操作すると、壁のモニターがニュース番組を映し出す。

新界関連の情報をまとめた、新界開発区限定のローカル番組だ。

がっつり狩猟部、海援《かいえん》隊がそれぞれ仮称ボマーに対して警告を発したという最新ニュースが流れている。

民間クランのがっつり狩猟部だけでなく、大企業海援《かいえん》重工の直轄クラン海援《かいえん》隊までもが一アクターを非難する異例の事態だ。あくまでもボマーと呼ぶことでアカウント名を出さず、個人攻撃にならないよう気を使ってこそいるものの、実質的な最後通牒《つうちょう》である。

国内トップスリーに入る両クランからの最後通牒《つうちょう》ともなれば、並の神経では耐えられない。

もっとも、並の神経をしていたら最初から攻撃など加えないのだが。

劇場型戦争屋のボマーならば、この状況は願ってもないはずだ。二つの陣営と真っ向から戦争ができるのだから。

伴場《ばんば》はニュースに目を細めながら、角原《かどはら》に質問する。

「劇場型なんでしょ？　なりすましたら腹を立てて襲い掛かってきそうなもんですが」

「それは杞憂《きゆう》だ。ボマーはこの話に乗った」

角原《かどはら》はパソコンに表示したままのメールを伴場《ばんば》に見せる。

マスクガーデナーからの情報共有のメールには、灰樹山脈《はいじゆさんみやく》エリア七にてオーダーアクター代表がオールラウンダーと内蔵スピーカーでやり取りしていたと書かれていた。

オーダーアクターが妨害ノイズを発生させていたため会話内容は不明だが、スピーカーを使う時点で外部組織との交渉だ。現場にいたオールラウンダーは十中八九、ボマーだろう。

伴場《ばんば》はメール文面を見て、納得したような顔をする。

「がっつり狩猟部と海援隊《かいえんたい》を相手に、オーダーアクターと共闘ってことで？　恐ろしい規模の戦争になりますよ？」

「キャスティング能力はボマーが一枚上手だった。そこは認めよう」

珍しく人をほめた角原《かどはら》に、伴場《ばんば》は気味悪そうな目を向ける。

伴場《ばんば》が知る限り、角原《かどはら》は計画通りに事が運ばないと部下に八つ当たりするパワハラ気質の男だ。どんな形であれ、自らの計画通りの結果を望む。

ボマーの動きは角原《かどはら》が最も嫌うもののはずなのだ。

しかし、角原《かどはら》は愉快そうに笑っていた。

「さぁ、舞台を調えてやったぞ。どう演出し、どう踊るんだ、ボマー？」

「あぁ、ボマーは計画の外の遊びなんで、何が起きてもいいってことですか」

角原《かどはら》の言動に納得した伴場《ばんば》は話題を変える。

「作戦中にユニゾン人機テクノロジーがアクタノイドを東へ輸送している場面に出くわしました」

ユニゾン人機テクノロジーは中小のアクタノイド開発企業だが、サイコロンを始めとした特徴的な外見の機体を多く製造し、その技術力はアクターからの評価が高い。

角原《かどはら》が目をつけていた企業の一つでもあり、その動向は監視対象だ。

伴場《ばんば》の報告を聞いて角原《かどはら》は特に反応を示さなかった。

「興味がありませんか？」

「いや、知っていただけだ」

壁のモニターがニュース番組から切り替わり、新界の地図を表示した。

新界の大陸東端、海岸線の一部を赤い丸が囲んでいる。凪《な》いだ水面《みなも》が鏡のようだと評される、淡鏡《あわかがみ》の海と呼ばれる地域だ。

「シトロサイエンスグループとユニゾン人機テクノロジーの代表が先日、会合を持った。その直後からアクタノイドが東へ輸送されているとの情報が入っている」

シトロサイエンスグループ、新興の中小企業グループだ。新界化学産業など新界の先端技術を多数持ち頭角を現している。

科学技術のシトロサイエンスグループと、アクタノイド開発技術のユニゾン人機テクノロジーが手を組んだとすれば、無視できない勢力になるだろう。

角原《かどはら》は地図を指さした。

「連中はここにガレージを作るつもりだ」

「……あぁ、これはなかなか、良《い》い手で」

地図を眺めていた伴場《ばんば》はガレージを作る目的を察して、感心する。

淡鏡《あわかがみ》の海は静原《しずはら》大川の河口に近く、水運の拠点になりうる。シトロサイエンスグループと手を組んでいるのなら水産資源の研究拠点としても活用できる。

アクタノイドは遠隔操作の人型機械であり、水中での活動は制限される。そのため、水産資源は広大な未開拓領域だ。

静原《しずはら》大川を上っていけば海援《かいえん》重工傘下《さんか》の森ノ宮《もりのみや》ガレージがある。水運の利益を交渉材料に協調できれば、互いのガレージを守る共同戦線を張れる。

平時であれば、淡鏡《あわかがみ》の海ガレージなど他ならぬ海援《かいえん》重工が放っておかない。確実に潰して自らの水運利権を確実なものにしようとしたはずだ。

だが、いまの海援《かいえん》重工は野武士に全力を傾けている。ボマーという妨害者も厄介で、淡鏡《あわかがみ》の海まで手が回らない。水運利権の一部を手放すのは痛いが、がっつり狩猟部やオーダーアクターという新界の戦闘集団最上位と野武士を巡って争ういま、敵を増やしたくないはずだ。

明らかに時期を見計らってガレージ化を進めている。以前から準備も整えていたはずだ。

「相当、目端の利《き》く人間が計画を立ててますね」

「そうだな。資材も潤沢に備蓄し、ユニゾン人機テクノロジーという作業員兼防衛能力をここで引き込んだ」

角原《かどはら》が馬鹿にしたように手を叩《たた》く。

「野武士騒動で必ず漁夫の利を得ようとするものが出ると思っていた。予想以上に美味《おい》しい獲白鳥《しらとり》の奴《やつ》に占拠するよう指示してある」

伴場《ばんば》は理解した。

角原《かどはら》の計画はボマーではなくこちらの方だったのか、

「襲撃や強奪ではなく、占拠で？」

「所属は隠したうえでな」

まだ建設中のガレージならば防衛力は高くない。ないよりはましという程度だ。襲撃するのは容易だが、占拠するとなると奪還を狙うユニゾン人機テクノロジーからの防衛もある。

なぜそんな面倒なことをするのかと目で問う伴場《ばんば》に、角原《かどはら》はモニターを指さした。

「静原《しずはら》大川を挟んだ北にはすでにこちらが勢力圏を築いている群森《ぐんもり》高低台地がある。この状態で東の淡鏡《あわかがみ》の海を占拠する。そして、野武士戦で手薄になっている森ノ宮《もりのみや》ガレージを北と東の両方から攻撃する」

「水運利権狙いってわけ？　それとも狙いは森ノ宮《もりのみや》ガレージにある海援《かいえん》重工製のアクタノイド？」

「両方だ。大陸北東部と海岸線を独占して利権を確保する」

戦略規模で新界の北東部から他勢力を締め出す前線を作る前段階。それが淡鏡《あわかがみ》の海占拠だとすれば、野武士に世間の目が向いているいまなら邪魔も入らない。

「漁夫の利を狙ってミイラ取りになるとは、あちらさんに同情しますよ」

「隙を見せる方が悪い」

# 第三話

あまりにも治安が悪すぎる、と千早《ちはや》は依頼一覧をスクロールしながらげんなりしていた。

世間は野武士を巡って荒れに荒れていた。がっつり狩猟部や海援《かいえん》重工、オーダーアクターといった独自の戦闘部隊を持っている勢力ですら野武士の捜索に人手を欲《ほっ》している。

野武士も神出鬼没で暴れまわっており、無関係のアクターが機体を壊されて討伐隊に志願したり、独自に討伐部隊を組んだりしている。

野武士の討伐を邪魔するなら排除すると宣言しているがっつり狩猟部の例もあり、戦いを避けたいアクターたちもどこで襲われるか分からない恐怖からチームを組んで活動し始めていた。

そんな情勢に目をつけた盗賊アクターによる闇討ちすら発生している有様《ありさま》だ。

中でも、ボマーと呼ばれるアクターが危ないらしい。

がっつり狩猟部と海援《かいえん》隊から批判されている、爆発物を多用するアクターだ。

千早《ちはや》がオーダーアクターに呼び出されて灰樹山脈《はいじゅさんみゃく》に赴いている間に急速に名を上げたそのアクター、通称ボマーは野武士の争奪戦に爆弾を投げ込んでは姿を見せずに消えていく厄介者として認知されていた。

「危ない人がいるんだなぁ……」

人の妨害をするためだけに戦いに割って入るなんて、千早《ちはや》には理解できない所業だ。クレップハーブの群生地を守るとか、巻き込まれてしまって自衛のためにというなら理解できるのだが。

「せ、戦闘依頼しかない」

元々、千早《ちはや》の依頼一覧には戦闘系の依頼が並びやすい。襲ってきたアクタノイドを返り討ちにしては売却していたせいで、戦闘に長《た》けたアクターだとAIに判断されているからだ。

しかし、いままではスクロールしていけば数件の非戦闘系の依頼があった。それが、今は新界の治安が悪すぎて表示されなくなっている。

「仕事ができない」

前回、オールラウンダーを全壊させて赤字を叩《たた》きだしたばかりだ。お金が欲しい。だが、戦闘になれば確実に修理費を請求される上、負ければ大赤字だ。

戦闘に関わるなど愚の骨頂。千早《ちはや》はのんびりと平和な依頼をこなしたいだけなのだ。

「あっ、測量依頼」

ふと思いついて、千早《ちはや》は新界資源庁のホームページを開き、アクター向けのページから常時出されている測量依頼にたどり着いた。

新界はまだまだ未開拓な地域が多く、測量データもまともに揃《そろ》っていない。そのため、低価格ではあるがアクター向けに常時測量の依頼が出ているのだ。

測量したい地域を選び、専用のアプリを導入してアクタノイドで散歩をすれば、歩幅や歩数からおおよその測量ができる優れもの。簡易的な測量なので手間がかからず、新人アクターが積極的に受けてアクタノイドの動作に慣れるついでにこなす依頼だ。

「ふふっ、我ながら、良《い》い眼《め》の付け所」

野武士を巡って争っている大陸の内陸部は避けて、沿岸部の測量依頼を探す。

大陸の西部はまだ安全なルートの確立すらされていない未踏の地なので、東側に絞った。

「危険な生き物がいなくて、できればガレージも近くて」

千早《ちはや》は簡易的な新界地図を指でなぞり、一点で止める。

「ここ、いいかも。森ノ宮《もりのみや》ガレージが近くて、あまり危険な生き物もいないし」

波も穏やかで鏡のようだと称《たた》えられる、そんな美しい海と海岸だ。

治安の悪い今の新界で心洗われる、穏やかで平和な景勝地が待っている。

「ふへへっ、散歩コースとか、作って普及してみたりする？　みんな心トゲトゲしてるから、穏やかな波に心を丸く削ってもらえばいいんだよ」

よし決めた、と千早《ちはや》は森ノ宮《もりのみや》ガレージの貸出機リストを見る。

測量依頼に合わせ、普段使うオールラウンダーではなく高画質、画像解析に優れたサイコロンを借り受ける手続きをして、地下のアクタールームに入った。

マットレスの上で柔軟体操をしていると、サイコロンを貸し出すとの通知を受ける。

審査が早い。幸先《さいさき》がいい。

千早《ちはや》はニコニコしながら機材を身に着け、サイコロンにアクセス。

「いざ——淡鏡《あわかがみ》の海へ」

かくして、ボマー《本物》は出撃する。

※

サイコロンはサイコロ型の頭部の各所にカメラ機材がついた機体だ。

赤外線カメラや望遠レンズなどを搭載し、機体が映像を処理して動体検知や特定の標的をマーキングして追い続けるなどの能力を有する。

測量においても高い適性を発揮する。複数のポイントを指定することで三点測量などを自動で行いマッピングする機能まで搭載している。さらには、専用アプリを導入することで全周囲パノラマ撮影もできる。

測量データを千早《ちはや》のパソコンに送信するように設定しておけば、散歩するだけで依頼が完了するのだ。

「至れり尽くせり」

スポーツドリンクと乾燥野菜チップスを用意して、森ノ《もりの》宮《みや》ガレージを出発、東へとサイコロンを走らせる。

ちょうどいい運動になるかと、踏み込めばアクタノイドが走ってくれる感圧式マットレスではなく、モーションキャプチャー機材をつけてジョギングする。

もともと、インドア派の割に体力作りは怠らない千早《ちはや》は無理のないペースを保って静原大川《しずはら》沿いを走っていく。

外に出てジョギングするのは苦手だ。どうしても人の視線が気になる。

しかし、新界の風景をモニターに映しながらアクタノイドを動かすジョギングはいい。人の視線を気にする必要が一切ないし、景色に飽きることもまずない。

野生動物に襲われたりすると多額の赤字を抱えることになるのが玉にきず。

「ゲームのマップ埋めに近いものを、感じる……」

作業ゲームは嫌いではない千早《ちはや》にとって、ジョギングするだけで地図が勝手に作製されていくのは達成感がある。

静原大川《しずはら》を下流へ進み、河口が見えてくる。淡鏡《あわかがみ》の海は今日も凪《な》いで、太陽光を反射して全体が白く輝いている。まばらにある岩場に上って覗《のぞ》き込めば、透明度の高い海は白砂の海底が透かし見えた。岩の隙間から細長い青緑色の魚がサイコロンを見つめている。

平和そのものの景色がそこにあった。

「釣りもいいなぁ。アクタノイドなら釣り餌を触るのも気にならないし」

釣った魚をどうするかという問題はあるものの、のんびり過ごすにはいい手段だ。『新界で釣りをしてみたら思わぬ巨大魚が！』などとタイトルをつけて動画を投稿してもいい。音声無しでもごまかしがきく。

広告費で継続的な収入が得られれば、危険を冒す必要もない。

「ちょっと考えておこう」

サイコロンの頭部を巡らせて、周囲を見回した千早《ちはや》は遠くにあるブロック塀に気付いた。

千早《ちはや》が測量依頼を受けたくらいだ。この周辺はまだ地質調査もされていないはずで、何らかの建物が建っているのはおかしい。

不思議に思い、千早《ちはや》はブロック塀へとサイコロンを向かわせる。

サイコロンの望遠レンズも使って確認すると、やはりブロック塀だ。海から伸びてかなりの範囲を囲っており、高さも二メートル近くある。鉄筋を入れた本格的なブロック塀だ。

ブロック塀の上には監視カメラらしきものやタレットと呼ばれるＡＩ制御の設置型銃器まで設置されており、淡鏡《あわかがみ》の海にはそぐわない物々しさ。

高低差がほぼないせいでブロック塀の向こう側がどうなっているのか分からない。だが、中で何かを建設しているのは作業音から分かった。

「仮設ガレージ？」

それも将来的にはかなり本格的なガレージにするつもりに見える。アクタノイドの保管や整備だけでなく、いくつもの研究施設も含めた大型のガレージだろう。

「なんでこんなところに？」

千早《ちはや》は首をかしげる。

これだけ本格的な工事をするからには地質調査まで終わっているはずだ。だからこそ、千早《ちはや》は状況が分からなかった。

なぜ、地質調査までして新界資源庁に報告しないのだろうか。

「秘密のガレージなのかな。凄《すご》く目立つけど」

ここまで来る人もあまりいないから、問題ないのかな、と千早《ちはや》が結論付けたところで、ブロック塀の向こうからわらわらとアクタノイドが出てくる。

サイコロンを中心とした七機のアクタノイド部隊だ。非常に巨大なポリカーボネート製の盾を前面に構え、その後ろに突撃銃や狙撃銃を構えた臨戦態勢である。

見ただけで背筋が寒くなり、千早《ちはや》はへっぴり腰になった。動きを読み取った千早《ちはや》のサイコロンが重心を落とし、それを戦闘態勢と見たのかアクタノイド部隊に緊張が走る。

しかし、戦端が切られるより先に、アクタノイド部隊の指揮官機らしき重ラウンダー系キーパーがスピーカー越しに警告を発した。

「現在工事中に付き、関係者以外の立ち入りを固く禁じている！　即刻、立ち去れ！」

問答無用で撃ってくるほど血の気が多くはないらしい。

へっぴり腰のままちょっとだけほっとして、千早《ちはや》はサイコロンを森ノ宮《もりのみや》ガレージへ向けようとした直後――千早《ちはや》のサイコロンが上空に高速で飛来する何かを検知した。

ビーという警告音に千早《ちはや》は慌ててサブモニターへ目を向ける。

しかし、遅い。

飛来物は千早《ちはや》のサイコロンの頭上を越えてブロック塀の向こうへと落下し、派手な爆発音を奏《かな》でた。

「……ふぇ？」

ピッとサイコロンが飛来物を特定してモニターに画像と共に表示した。

――迫撃砲弾。

迫撃砲、千早《ちはや》も聞いたことがある。

歩兵が扱う小型の大砲のようなものだ。車で牽引《けんいん》するほどの重量ではなく、重ラウンダー系アクタノイドであれば一機で持ち運びが可能なほど。小さいとはいえ砲と呼ばれるだけあり射程が広いが命中精度が甘い。そのため、弾着を確認するドローンなどを送り、次弾以降の命中精度を高める運用をする。

弾着を確認するなら、ドローンでなくてもよい。

そう、サイコロンでもいい。

「やばば」

千早《ちはや》の混乱と困惑が一瞬にして危機感に変わった。

落としていた重心を前へ。千早《ちはや》のサイコロンは素早く、滑らかに森ノ宮《もりのみや》ガレージへと走り出す。

一歩遅れて、アクタノイド部隊の銃口が一斉に千早《ちはや》のサイコロンへと向けられた。

アクタノイド部隊は、千早《ちはや》のサイコロンが弾着観測要員だと判断したのだ。早急に破壊しなければ次弾が精確に降ってくる。

「なんでぇ⁉」

平和な依頼だったはずだ。戦闘など想定できないくらいに平和な依頼だったはずだ。

新界でも有数の穏やかな海と海岸だったはずだ。

それがどうして、砲弾が降ってくるのか。銃口を向けられているのか。

だが、説得が通じる状況ではないと千早《ちはや》にも分かる。無関係だと説得するふりをして弾着観測を続けていると疑われるのがオチだ。千早《ちはや》でも疑う。

逃げの一手しか打てない。しかし、この海岸は遮蔽物がほとんどない。完全に的だ。

詰んでいる。でも足掻《あが》くしかない。

感圧式マットレスにしておけばよかった。ここまでジョギングなんてしなければよかった。

足が痛い。

「なぁ——」

泣き言を言いかけた瞬間、モニターが一斉に黒く染まった。

口を半開きにして硬直した千早《ちはや》は、モニターにNO SIGNALの文字が表示されるのを見てへなへなと座り込む。

「ふっうへ……赤字、また、赤字……」

いくら何でも理不尽すぎる。目に涙を湛《たた》えて、千早《ちはや》は震える手でスポーツドリンクを掴《つか》んだ。

緊張で力が入らず、手を滑り落ちたスポーツドリンクの容器が床にぶつかって間抜けな音を立てる。

その時、スマホが振動した。

早くも請求書が届いたのかと、千早《ちはや》はスマホを手に取る。膝の上にスマホを置いて力なく操作する。

アクターズクエストのアカウントにメールが届いていた。

差出人はユニゾン人機テクノロジー。サイコロンの開発会社だ。

『わが社のアクタノイドを用いた攻撃を確認いたしましたので、当該機へのアクセス権を剝奪します。破損等があれば契約にのっとり全額弁済となりますので、ご了承ください』

「ぜ、全額、弁済……うぇっへ」

さーっと血の気が引く音が聞こえた。喉が渇くが、スポーツドリンクを手に取る心の余裕がない。

千早《ちはや》はメールに誤解だと返信する。当然ながら、返事はない。

「ふへうぇっへっ」

視界が狭まる。貧血の症状だ。赤字額を想像するほど頭から血の気が引いて視界が狭まっていく。

骨董品《こっとうひん》と揶揄《やゆ》されるいつものオールラウンダーとは赤字額が違う。

サイコロンは高品質のカメラ機材と高処理能力を備える現行機だ。そんなものを全額弁済。しかも、メールの内容からして迫撃砲を撃ちこんだ犯人だと思われており、建設中のガレージの被害についても弁償させられかねない。

貯金が吹き飛ぶだけでは済まない。

「……赤字、赤字、赤字——を減らさないと、ふひひ」

ふらふらと立ち上がった千早《ちはや》は極度の緊張で薄気味悪い笑みを浮かべ、スマホを操作する。

海援《かいえん》重工傘下《さんか》の森ノ宮《もりのみや》ガレージからオールラウンダーを借り受ける。オプションにある武装から迷わず手榴弾《しゅりゅうだん》を選択しつつ、スマホで迫撃砲の価格表を調べる。

感圧式マットレスの上に立ち、オールラウンダーにアクセス。

「赤字確定……なんで……」

目が赤くなるのも構わずに両手で涙を拭い、千早《ちはや》は力一杯に感圧式マットレスを踏み込んだ。

即座にトップスピードに至ったオールラウンダーが森ノ宮《もりのみや》ガレージを飛び出した。

※

楽な仕事だ、と迫撃砲に弾を込めながらチームの誰かが笑った。

任務中の姿勢としてはあまりよくないのだが、気を抜いてしまうのもわかる。せめて自分だけは緊張感を保っていようと、チームリーダーの白鳥《しらとり》はドローン映像を見た。

守銭奴の角原《かどはら》が迫撃砲の使用を許可するほどの重要任務がどれほどの難易度かと思えば、標的の淡鏡《あわかがみ》の海仮設ガレージは右往左往するばかりでまともに応戦できていない。

現在のドローンの高度では仮設ガレージを囲む塀の中がどうなっているのかは分からない。被害状況が知りたいところだが、あまりドローンの高度を上げると狙撃で撃墜され、弾着観測が出来なくなる。

しかし、敵アクタノイドの動きから察せられることはある。

「こりゃあ、塀の中にまともな建物はないな」

おそらくは建築の初期段階、基礎工事の段階だろう。地下シェルターくらいは作っていると思うが、復旧に手間がかからない程度の被害しか出ないと割り切っている様子だ。

迫撃砲も無限に撃てるわけではない。撃ち込まれた砲弾の数が多ければ、新界への輸入数と照らし合わせて白鳥《しらとり》たちが角原《かどはら》グループだとあたりをつけることができる。そうでなくても、資金力が推測できれば勢力の大きさ、アクタノイドの所有数を推測する材料になる。

仮設ガレージ側は、迫撃砲をあえて撃ち込ませることで白鳥《しらとり》たちの戦力を図りつつ、撃って出ないことで仮設ガレージの建設地そのものを防衛する体制を整えているのだ。土地さえあれば、再建できるのだから。

白鳥《しらとり》は仮設ガレージ側のアクタノイド部隊が防衛配置についたのを見て、迫撃砲部隊へ指示を出す。

「塀の内側ではなく、塀そのものを狙え」

「制圧後、奪還部隊に抵抗しにくくなりますよ？」

作戦の目的がよくわかっている良《い》い質問だ。動きが鈍くなりがちな迫撃砲部隊の長が後々を考えているのは心強い。

白鳥《しらとり》は質問に答える。

「連中が中にため込んだ資材を損切りしているとは思えない。地下シェルターか何かがあるはずだ。制圧後はそれを起点に防衛を考える。だから、かまわず塀をぶっ壊して圧力をかけろ」

「了解」

すかさず弾道を補正した迫撃砲弾が仮設ガレージの塀のすぐそばへ落ちる。

もう二、三発撃てば、制圧部隊が突入できる穴が開く。

白鳥《しらとり》は制圧部隊への通話回線をつなぎ、活を入れる。

「お前ら、朗報だ。予定以上に暴れていいぞ。建物がないらしいからな！　仲間にケツを撃たれたくなけりゃあ、前へ出ろ！　仮設ガレージを制圧し――」

制圧部隊を動かそうとした矢先、白鳥《しらとり》の前にある予備モニターが「ピッ」と小さくレーダーの反応を伝えた。

普段の白鳥《しらとり》であれば、制圧しろと反応音にかまわず言い切ったはずだ。

だが、何かが普段と違う危機感を白鳥《しらとり》の背中に突き付けた。それは単なる勘だ。

白鳥《しらとり》は自身の勘を信用しない。それでも、何故《なぜ》か気になった。

「……背中？」

違和感の正体、勘が働いた原因をレーダーで見て取って、白鳥《しらとり》はすぐに命令を変更した。

「迫撃砲、砲撃中止！　制圧部隊は後方、森ノ宮《もりのみや》ガレージ方面へ移動！」

淡鏡《あわかがみ》の海への攻撃を行う白鳥《しらとり》たちの後方にレーダー反応があった。つまり、後方の森ノ宮《もりのみや》ガレージが反応したということ。

今回の作戦は野武士騒動で森ノ宮《もりのみや》ガレージの戦力が手薄になった隙を狙って、森ノ宮《もりのみや》ガレージを有する海援《かいえん》重工の商売敵ユニゾン人機テクノロジーが有している淡鏡《あわかがみ》の海仮設ガレージを制圧し、森ノ宮《もりのみや》ガレージ攻略への布石を打つ目的だった。

海援《かいえん》重工が作戦目的を看破すれば少ない戦力を振り分けてくる可能性があると頭では理解していたが、反応が早すぎる。

「ユニゾンが海援《かいえん》と直接交渉できる窓口でもあったのか？　くそっ、前提が崩れやがった！」

海援《かいえん》重工傘下《さんか》の森ノ宮《もりのみや》ガレージを北と東から攻撃する布石だったはずが、今の白鳥《しらとり》たちは淡《あわ》鏡《かがみ》の海と森ノ宮《もりのみや》ガレージ、東西から挟撃を受ける状況に陥った。

同時に、妙な状況だとも思う。

この作戦を指示した角原為之《かどはらためゆき》は老獪《ろうかい》な国会議員だ。根回しは常套《じょうとう》手段であり、相手も根回しを済ませていると考えて行動するはずの男だ。

ユニゾン人機テクノロジーと海援《かいえん》重工が繋《つな》がっているかもしれないと疑わないはずがない。裏取りが済んでいなければこの作戦を立案しないし、迫撃砲の使用許可も出さない。

白鳥《しらとり》は迫撃砲や制圧部隊の展開状況を確認するためレーダーを見て、目を疑う。

レーダーが反応した森ノ宮《もりのみや》ガレージからの刺客はたったの一機だった。

しかも、その移動速度は斥候向きのスプリンター系ではなく器用貧乏なラウンダー系。注視してみれば、その動きも素人《しろうと》丸出しに一直線で迫撃砲部隊へ向かってくる。

こんな動きをすれば、迫撃砲の護衛部隊に迎撃される。迎撃される前に近づけるスプリンター系ならともかく、ラウンダー系を出す意味が分からない。斥候役ではなく本命の攻撃役でも一機は少なすぎる。

「なんだ……？」

理解できない動きをしている。だが、大企業、海援《かいえん》重工傘下《さんか》の森ノ宮《もりのみや》ガレージから出撃した敵機が、無策とも思えない。

理解できないのは情報が足りないからだと、白鳥《しらとり》は判断した。

ならば、情報が足りている部分で損失を減らすべきなのだ。

「迫撃砲部隊、敵機に位置バレしている。ポイントBに移動しろ。α《アルファ》部隊は迫撃砲の護衛に付く。β《ベータ》部隊は迫撃砲部隊の現在位置へ展開し、敵機迎撃。γ《ガンマ》部隊は淡鏡《あわかがみ》の海仮設ガレージへ遠距離狙撃をしろ。敵の反応を見たい。他は待機」

これで、虎の子の迫撃砲部隊の安全は確保できる。一機だけの敵機への迎撃もできる。レーダーに映らない高性能な隠密《おんみつ》機がいても、他の部隊を展開して潰せる。

あとは相手の出方を見て、と悠長に考えたのが悪かった。

β《ベータ》部隊がレーダー上から消失した。

思わずレーダーを二度見した白鳥《しらとり》に、β《ベータ》部隊長がボイスチャットで報告する。

「す、すみません。重迫撃弾が森ノ宮《もりのみや》ガレージ方面から飛んできて、ぜ、全滅しました」

やられた、と白鳥《しらとり》は歯噛《はが》みする。

迫撃砲部隊が移動し、淡鏡《あわかがみ》の海への砲撃が止《や》んだ。それを見た敵は一機だけの囮《おとり》が有効と判断し、迎撃を整えた近接戦闘部隊がいると予測して重迫撃砲で一掃したのだ。

たった一機でも、迫撃砲部隊にたどり着けばいい。たどり着いた囮《おとり》の一機が破壊されようと、位置が判明した時点で迫撃砲部隊へ森ノ宮《もりのみや》ガレージからの重迫撃砲弾が降ってくる。

囮《おとり》の機体が壊されても操作をしているアクターは無事で、平然と位置情報の共有ができる。資金さえあれば、生身では絶対に不可能な決死の作戦を打てるのがアクタノイド戦だ。

「主導権を握られたか……」

奇襲を仕掛けた側だというのに、主導権を取られてしまった。この失態を自覚しながらも白《しら》鳥《とり》は劣勢に立っていることを素直に認めた。

迫撃砲部隊が潰されれば、砲支援なしで森《もり》ノ《の》宮《みや》ガレージに背後を狙われながら淡鏡《あわかがみ》の海仮設ガレージを制圧する羽目になる。そんな作戦は絶対に不可能だ。迫撃砲部隊をやられた時点で負けを認めるしかない。

そう、これは鬼ごっこだ。森《もり》ノ《の》宮《みや》ガレージからの刺客を迎撃するか迫撃砲部隊を逃げきらせれば白鳥《しらとり》たち角原《かどはら》グループの勝ち。迫撃砲部隊を発見されれば負ける。

勝敗条件を明確にしたことで、頭が冴《さ》えてくる。

幸いにも、森《もり》ノ《の》宮《みや》ガレージが出せる戦力は多くない。囮《おとり》が一機なのも戦力不足を物語っている。

「迫撃砲部隊はポイントDへ移動。他は全力で敵機の排除に当たる」

位置を予測されにくい避難所として設定したポイントDへ迫撃砲部隊を逃がし、不利なら撤退も視野に入れる。

だが、撤退判断を下すには早すぎる。なにしろ、白鳥《しらとり》たちは仮設とはいえガレージを占拠できるほどの戦力を調えているのだ。

「たった一機で飛び込んできやがって。ハチの巣にしてやる」

「準備運動ですね」

「β《ベータ》部隊の仇《かたき》を取ってやるよ。だから今夜メシ奢《おご》れ」

チームメンバーも適度に緊張感が抜けている。思わぬ奇襲で浮足立ったが、冷静さを取り戻した今なら大丈夫だ。

白鳥《しらとり》はレーダーで敵機の動きを見る。

静原《しずはら》大川を越えた敵機は白鳥《しらとり》たちがいる山へと入ってきている。被弾覚悟の正面突破でなければこの進行速度はあり得ない。

だが、被弾を覚悟の上だからか、進行ルートが素人《しろうと》のように分かりやすい。囮《おとり》なので当たり前といえば当たり前か。

「一撃離脱を徹底する。γ《ガンマ》部隊、敵機の位置情報を送るから左側面をつけ」

スプリンター系で構成したγ《ガンマ》部隊を送り出し、白鳥《しらとり》自身はα《アルファ》部隊を率いて敵機のルート上に先回りする。

「地面すれすれにワイヤートラップを張るぞ」

事前に気付かれれば重迫撃砲で耕されて無意味になるが、ワイヤートラップの中に敵機が入ってしまえば身動きがとりづらくなる。まさか、囮《おとり》ごとワイヤートラップごときを砲撃しないだろう。肝心の迫撃砲部隊にたどり着くまでは壊したくないはずだ。

α《アルファ》部隊を散開させ、突撃銃を敵機の方角に向けた白鳥《しらとり》はレーダー上の味方の動きを見て目を疑った。

γ《ガンマ》部隊が敵機に追い回され、山の麓へと全速力で下っている。

「リーダー！　この囮《おとり》やべぇ！」

「機体メインカメラの映像を共有しろ」

悲鳴のようなγ《ガンマ》部隊長の通信に、冷静な報告は期待できない。白鳥《しらとり》はすぐさま画面共有を指示した。

γ《ガンマ》部隊長の機体、リーフスプリンターのカメラ映像が共有される。

そこには一機の何の変哲もないオールラウンダーが映し出されていた。

ただの貸出機だ。それも、整備不良らしく左右の足で歩幅が違う。γ《ガンマ》部隊の攻撃を受けた装甲は穴と凹《へこ》みだらけで、盾にしたらしい右腕や左腕の装甲は外れ、火花を散らしている。

そんな壊れかけの機体が斜面を駆け下りてくる。脚部へのダメージを考慮せずに跳躍し、思い切り振りかぶった右手で何かを投げた。

「――散開しろ！　急げっ！」

γ《ガンマ》部隊長が声を張り上げ、メンバーが蜘蛛《くも》の子を散らすように逃げ出す。

投げつけてきたのは手榴弾《しゅりゅうだん》だ。しかも、一つや二つではない。事前にまとめて投げられるように一メートル程度の間隔でワイヤーを使って繋《つな》いだものだ。

投げ縄のように手榴弾《しゅりゅうだん》付きワイヤーが空中で広がり、先端の重しがγ《ガンマ》部隊長操るリーフスプリンターの正面に叩《たた》きつけられる。

多重の爆音が白鳥《しらとり》の機体にまで届く。灰色の爆煙がγ《ガンマ》部隊長機の周囲を制圧し、爆圧に吹き飛ばされた機体が山の斜面を転げ落ちて視界が天地を行き来する。

大木に叩《たた》きつけられた機体すれすれに、跳躍してきたオールラウンダーが着地する。爆煙を纏《まと》い、火花を散らす腕が寸分の迷いもない動きで伸びてくる。

バキバキと、装甲を無理やり引きはがす音の後、通信が途絶して画面が真っ暗になった。ブラックボックスを抜き取られたのだ。

白鳥《しらとり》はレーダーを見る。γ《ガンマ》部隊が半壊していた。

「囮《おとり》？　あれが？　ははっ……ふざけるな！」

完全に見誤った！

白鳥《しらとり》は自身の浅はかさを呪いかけ、首を振る。相手が何枚も上手だったのだ。

あれは、あんなものは囮《おとり》ではない。ワンマンアーミーだ。重迫撃砲の支援を受けた刺客だ。

なにより、あの爆発物の持ち込み量と使い方、貸出機のオールラウンダーで単機、破損を厭《いと》わない凶暴性。

「ボマー、なんでここで出てくる⁉」

いま思えば、たった一機で出撃してきたのも、素人《しろうと》のような進行ルートもすべてがブラフだったのだ。無力な斥候で囮《おとり》だと、白鳥《しらとり》に誤認させるためにわざとやっていた。

ただの囮《おとり》だと軽く見て戦力の逐次投入という愚を犯した。装甲が薄く打たれ弱いスプリンター系の部隊ではなく、迫撃砲部隊から引き抜いてでも重ラウンダー系を繰り出すべきだった。

誘われたとはいえ、まんまと引っかかった結果が各個撃破の現状だ。いたずらに戦力をすり減らしてしまった。

迫撃砲を含めて七つあった部隊の内、一つが全滅、一つが半壊して隊長機をロスト。

これ以上、戦力を減らすわけにはいかない。

「……撤退する。迫撃砲部隊はすぐに群森《ぐんもり》高低台地まで引け」

「て、撤退ですか？　相手はたった一機ですよ？」

「撤退だ」

本来の目標は淡鏡《あわかがみ》の海仮設ガレージの制圧。だが、その仮設ガレージを守るように海援《かいえん》重工傘下《さんか》の森ノ宮《もりのみや》ガレージが動き出した。この時点でかなり不味《まず》い。

さらに、出てきたのがボマーだ。汎用機のオールラウンダー使いなのが厄介さに拍車をかける。

「相手は一機じゃない。一人だ。アクタノイドなんだぞ？　オーダー系ならともかく、オールラウンダーなんて替えがいくらでもある。淡鏡《あわかがみ》の海にも、在庫があるだろうよ」

「……あっちだけ残機制」

「そういうことだ。撤退以外にない」

その昔、ガレージをミツバチの巣に喩《たと》えたアクターがいた。

中の戦力が空になるまで出撃してくるミツバチの巣を攻略するなら、強力なスズメバチを用意しなくてはならない、という意味だ。

再び向かってくるオールラウンダーをレーダー上で追いながら、白鳥《しらとり》は舌打ちする。

ミツバチの巣にスズメバチが潜んでいた。それも飛び切り質の悪い奴《やつ》だ。

「α《アルファ》部隊および占拠部隊で殿《しんがり》を務める。重迫撃砲を警戒し散開。山の中腹で迎え撃つぞ」

射線が通れば狙撃で片付けたかったが、付近に狙撃ポイントがない。近接戦闘になる。

だが問題ない。いくら相手が残機制だろうと、ガレージから再出撃してきたところで再度の戦闘距離に近づくまで時間がかかる。その間に狙撃チームを動かして森ノ宮《もりのみや》ガレージから出撃してきたところを即座に撃って戦闘不能にする、俗にいうリスポーンキルが可能だ。

この戦闘にさえ勝てればいい。

「――来るぞ！」

レーダー上の光点が白鳥《しらとり》たちの間合いに入る。

レーダーでの情報を共有していたチームメンバーが一斉に引き金を引いた。

幾重にも響き渡る銃声。硝煙が森に薄く霧を作り出すほどの弾幕だ。装甲が比較的分厚いオールラウンダーでも耐えきれるはずがない。

「銃声に金属音をいくつも確認しました。確実に命中しています」

優秀な集音機器とＡＩによる音波分析の結果がチームメンバーからもたらされる。

あの弾幕だ。仮に八割がた外れていたとしても確実に大破する。

だが、白鳥《しらとり》は油断しない。

「引き金を引き続けろ！」

ボマーは無策で突っ込んでくるような相手ではない。破壊した機体を盾にするくらい当然やる。ネットでの最強談義で語られるようなアクターならばこの弾幕を生き残る術《すべ》を用意しているはずだ。

緊張を維持し、白鳥《しらとり》はレーダーを見る。光点は動かない。

だというのに、悪寒《おかん》が消えない。

「交代で射撃しつつ、ゆっくり退《さ》がる。まだ油断するな――」

警告を発した矢先、弾幕の先で火柱が上がった。

意図的な物ではない。アクタノイドのバッテリーが撃ち抜かれ、火がついたのだろう。

直後、派手な爆発音とともに周囲の木を焦がしながら火柱が大きくなった。

火柱の中に原形をほとんど留《とど》めないオールラウンダーの姿がある。その傍《かたわ》らには白鳥《しらとり》の予想通りにハチの巣になったリーフスプリンターの姿があった。盾にされたγ《ガンマ》部隊長の機体だろう。

「やっぱりかよ、あぶねぇ」

読み勝った。白鳥《しらとり》は自然と浮かぶ笑みを片手で押さえ、自らの機体を反転させる。

「よし、迫撃砲部隊の殿《しんがり》を続けつつ、戦場から離脱する。ここも狙われるぞ。すぐに動け」

森ノ宮《もりのみや》ガレージから確実に重迫撃砲が飛んでくる。破壊の権化《ごんげ》ボマーなら、せめて白鳥《しらとり》たちだけでも仕留めようとするだろう。

これ以上損害を出してやるものか。試合には負けたが勝負には勝ち逃げさせてもらう。

素早く迫撃砲部隊の後を追う白鳥《しらとり》たちの後方、オールラウンダーが屍《しかばね》を晒《さら》す斜面に重迫撃砲弾が降り注ぐ。ダメ元なのか、降ってくる数は少ない。

このまま逃げ切ってやる、と白鳥《しらとり》が勝利の余韻を胸に覚悟を改めた時——迫撃砲部隊からボイスチャットが入った。

「白鳥《しらとり》さん！　後ろ！　レーダー見てください！」

切羽詰まった声に、白鳥《しらとり》は慌ててレーダーを確認する。

味方を示す青い光点が山の中腹から猛スピードで向かってくる。

「β《ベータ》部隊の？　復帰できたのか？」

重迫撃砲でβ《ベータ》部隊は全滅したと思ったが通信の途絶で済んだ機体があったのかもしれない。

白鳥《しらとり》はチャット欄に復帰の報告が入っていないか確認する。しかし、予想したような書き込みはなかった。

ならば、あの機体は——

「くっ！　総員、迎撃態勢！　あのクソボマー、ゾンビアタック仕掛けてきやがったぞ！」

通信が途絶した機体を別のアクタノイドで復帰する方法がある。

あのワンマンアーミーは重迫撃砲で耕した地点で比較的無事な機体をあらかじめ復帰させ、操作権を奪い、ゲームにおけるセーブポイントを作った。

恐ろしいほどに好戦的で、おぞましいほどに計画的な、おどろおどろしいゾンビアタック。

振り返れば、γ部隊《ガンマ》を追いかけ回して山のふもとに追い詰めていたのも、そこにセーブポイントを作るためだったと考えればつじつまが合う。迫撃砲部隊を最優先で狙うなら半壊まで追い込む必要はないのだから。

山のふもとにセーブポイントがあるせいで、白鳥《しらとり》たちの逃走方向は絞られている。囲い込み漁のように限定されていけば、重迫撃砲弾の餌食《えじき》だ。

型に嵌《は》められている。

「白鳥《しらとり》さん、損失を可能な限り減らすなら捨てがまりしかないと思います……」

足止めの小部隊を置いて残りを逃がし、足止めが撃破される度に次の部隊をその場に残していく撤退戦術。

数の利だけは白鳥《しらとり》たちにある現状、戦術の一つとしてはありだ。まとまっていると重迫撃砲弾が飛んでくるというプレッシャーもあり、魅力的な提案だった。

だが、囮《おとり》と侮《あなど》って各個撃破された失敗が白鳥《しらとり》の頭にこびりついて離れない。

捨てがまりは小部隊がどれだけ時間を稼げるかにかかっている。ノリに乗ったワンマンアーミーのボマーを止められるアクターなど、白鳥《しらとり》たちのメンバーにはいない。

白鳥《しらとり》は歯噛《はが》みして、指示を出す。

「α《アルファ》部隊を残して全速力で撤退しろ」

白鳥《しらとり》直属のα《アルファ》部隊が最初の足止めを果たす。

α《アルファ》部隊は最精鋭だ。どれだけ時間を稼げるかで、今後の足止め時間を計れる。白鳥《しらとり》自身も煩わしくなり始めたアクタノイドの操作を終わらせて指揮に全力を傾けられる。

α《アルファ》部隊を残して山を駆け上っていくメンバーを見送る暇もなく、白鳥《しらとり》たちはワイヤーを周囲に張り始める。

「手榴弾《しゆりゆうだん》をいつでも使えるようにしろ。投げるんじゃないぞ。自決用だ。これ以上、やつにセーブポイントを作らせるな」

やられる前に手榴弾《しゆりゆうだん》を抱えてアクタノイドを大破させなくては、鹵獲《ろかく》され利用されてしまう。

レーダー上の敵機が一直線に斜面を駆け上がってくる。木々の隙間に見え隠れするのは左腕が取れたサイコロン。泥はねが酷《ひど》く、装甲もあちこちが外れていたり、外れかかったりしている。

「撃て、撃て！」

白鳥《しらとり》の号令一下、射撃が始まる。

白鳥《しらとり》自身は弾幕の形成には加わらず、貫通力が高いピアシング弾を使用する大口径の拳銃、穿岩《せんがん》を構えて斜面を一気に下った。

白鳥《しらとり》が使用するアクタノイドは大幅な改造が施されたサイコロンだ。処理能力を大幅に引き上げて反応が早く、映像処理能力の高さとＡＩ補正により近接戦闘で真価を発揮する。敵の姿さえ捉えれば搭載したＡＩが敵を処理する。通信ラグの分、確実に先手を取れる仕様となっている。

白鳥《しらとり》の操作を待たず、ＡＩが拳銃を構える。斜面を滑り降りながら敵機へ向け引き金を引いた。木の裏に隠れて弾幕をやり過ごしていた敵機に、幹を貫いて弾丸が襲い掛かる。敵機が銃弾に倒れる。自動での姿勢制御が働いていない。システム上の不具合か、基幹部に銃弾を受けて再起不能か。

念のためにもう一発。白鳥《しらとり》が銃口を向けた時、敵機が抱えていた手榴弾《しゅりゅうだん》が転がった。

ぼんっと破裂した手榴弾《しゅりゅうだん》が周囲一帯に白い粉をまき散らし、白鳥《しらとり》たちα《アルファ》部隊を包み込む。

「粉塵手榴弾《ふんじんしゅりゅうだん》⁉」

破壊力がない粉塵《ふんじん》をまき散らすだけの手榴弾《しゅりゅうだん》。単なる煙幕だ。

だが、山の斜面で大量に使用された場合、身動きが取れなくなる。最悪の場合は粉塵《ふんじん》が電波を遮って通信が途絶し、そうでなくても木々が邪魔で移動が難しい。

そして粉塵《ふんじん》は上にも木々の天辺《てっぺん》を超えて広がっていく。

森ノ宮《もりのみや》ガレージからはとても分かりやすい目印になるだろう。

――ボマーは木の裏に隠れたのではなく、機体を捨てただけだった。

「あぁ、もう無茶苦茶だ……」

重迫撃砲弾が降り注ぎ、斜面が抉《えぐ》られ、木と土と機体の鉄が混ざり合う。

爆音と暗転の後、シグナルロストの文字を浮かべるメインモニターにため息をつき、白鳥《しらとり》は味方機のカメラ映像を切り替えた。

「全機、全速力で散開し、斜面から逃れろ。迫撃砲は捨てていい。機体の保全を第一に、なりふり構わず撤退しろ」

残機制で機体の保全も考えないボマーと大企業、森ノ宮《もりのみや》ガレージの資金力に対し、しがない雇われの白鳥《しらとり》たちが抗《あらが》うのは無謀だった。

「というか、ボマーは反則だろ」

※

ユニゾン人機テクノロジー代表、厚穂澪《あつほみお》は頭痛薬を飲んだ。

コップ一杯の水を呷《あお》り、そのまま天井を仰ぐ。

淡鏡《あわかがみ》の海に建設中の仮設ガレージが突如迫撃砲による攻撃を受けたと聞き、厚穂《あつほ》は出先から急いで本社に戻った。それが一時間ほど前のこと。

戻ってくるまでの報告では、弾着観測に使われていると思《おぼ》しきサイコロンの操作権を剝奪し、地下シェルターの頑丈さを頼りに砲撃をやり過ごしたらしい。

サイコロンはユニゾン人機テクノロジーが開発した軽ラウンダー系アクタノイドであり、映像解析などに優れている。弾着観測に必要な能力を高レベルで有しており、カメラに映った弾道から着弾地点のずれを計算して砲撃部隊に共有することもできる。

サイコロンが現場に現れた直後から砲撃が始まった以上、関係を疑うなという方が無理だ。

契約上、サイコロンを貸し出しているユニゾン人機テクノロジーは一方的に操作権を剝奪することができる。

ただし、不正、不法な機体の仕様が認められた場合に限ると契約には明記されているのが問題だった。

「なんてこと……」

厚穂《あつほ》は呟《つぶや》いて、送られてきたメールを見る。

請求書が添付されていた。好き放題に撃ったとしか思えない迫撃砲弾の金額だけで二百万円超え。地球であれば二万円前後の砲弾も新界へ持ち込むと洗浄などの工程を経て価格が跳ね上がる。面制圧を行う兵器なので一度に複数の砲弾を撃ち込むとはいえ、二百万円は撃ち過ぎだ。

しかし、添付されている戦闘映像を見れば、無駄玉とは言えない。

仮設ガレージを襲撃、制圧することを目的に編成したらしい部隊を相手にたった一機で挑みかかっているのだ。

メールには、襲撃犯の機体の買い取りを希望するとも書かれている。

破損が激しい機体ばかりだが、その数なんと二十二機。これがたった一人による戦果だというのだから、添付映像がなければ信じられなかっただろう。

挙句、メールの最後にはこう書かれている。

『取り逃がしてごめんなさい』

敵集団は散々後手に回っていたが、最後は賢明にも四方八方へ逃げることでかなりの数が逃走に成功した。

だが、厚穂《あつほ》は言いたい。

「そもそも、なんであなたが撃退してるのよ……」

厚穂《あつほ》は撃退してもらったことに感謝する立場であって、取り逃がしたことを責めることなどできはしない。

地下シェルターのおかげで資材も含めて無事だった。だが、もしも敵が制圧しに来ていたら、おそらく淡鏡《あわかがみ》の海仮設ガレージは陥落した。

防衛戦力を調えたつもりだったが、ボマーによる買い取り希望の機体を見ると部隊としてのバランスが非常に整っているのが分かる。これに迫撃砲の支援が加わっていれば、ボマーが襲撃犯に対してやったのと同じような展開が淡鏡《あわかがみ》の海で起きていた。弾幕を張ろうとする淡鏡《あわかがみ》の海勢に対して迫撃砲弾が降り注ぐ。そんな地獄絵図だ。

淡鏡《あわかがみ》の海にも迫撃砲はあった。だが、敵集団の位置が摑《つか》めず、砲撃に移れなかった。

結果、仮設ガレージの防衛に戦力を集中し、敵の砲撃をやり過ごす方針を取った。

そんな戦場の流れをボマーは読み切っていたからこそ、単独で敵集団への逆襲撃を仕掛けたと思われる。オールラウンダー使いのボマーが今回に限ってサイコロンでやってきたのも、計画的なものだろう。

戦闘に巻き込まれた無関係のアクターなのにアクセス権を剝奪され、機体や仮設ガレージの損害を請求される危険があったため、やむを得ず襲撃犯へ単独で攻撃を仕掛け、無実を証明するしかなかった。ボマーが描いたのはそんなシナリオだ。

「契約を逆手に取られたわね……」

ユニゾン人機テクノロジーはボマーに嵌《は》められたのだ。

だが、見かけ上は無関係のアクターのアクセス権を剝奪して機体の弁済を強いる状況を作ったのと変わりがない。明るみに出ればアクタノイド貸出事業の信用は地に落ちる。

将来への投資の意味合いが強い新界事業において、アクタノイド貸出事業は数少ない黒字部門だ。醜聞は企業の進退に関わる大事である。

まして、敵対していない証拠に襲撃者グループを追い払うだけでなく執拗《しつよう》な追撃の末に二桁に及ぶ敵機を鹵獲《ろかく》する戦果付き。追い払うだけならマッチポンプを疑うところだが、この戦果を見せられては疑うことなど不可能だ。

ボマーの言い値で支払うしかない。

「戦争屋として理想的な嵌《は》め方よね。でも劇場型としては今回の件を宣伝しないのは妙だわ」

劇場型は自分が何をしたのかをエンターテインメントに昇華しようとする。

しかし、厚穂《あつほ》が調べた限り、ボマーは今回の淡鏡《あわかがみ》の海仮設ガレージ攻防戦を宣伝していない。

ボマーの人物像に合わないちぐはぐな行動だ。これほど計画的に事を進める人物が尻すぼみで終わらせるとは思えない。

「口止め料を請求するため？」

企業の信用に関わる今回の件は極秘扱いになる。だが、社員ならばいざ知らず、被害者の立場に当たるボマーに口止めは難しい。アクターズクエストのアカウントを通してやり取りしているため、どこの誰かも分からない。

「違うわね。劇場型なら口止め料なんて一番嫌うはず。とすると、私たちに自分の力を売り込むのが目的だった？」

傭兵《ようへい》として雇ってもらいたい。そんな意思表示だとしたら――絶対にお断りだ。

ボマーは敵にしたくないが、味方にもしたくない。平気で独断専行するだろうし、単機で他勢力の本拠地に攻撃を仕掛けて何食わぬ顔で帰ってきて経費を請求するくらいは平気でやる。

制御できない武力はいらない。

頭の痛みが増していく。

「味方にはできないとしても、敵対だけはしたくない。この劇場型戦争屋が望む報酬を提示すれば、少なくとも敵対はしないわよね」

一切信用できない相手だとしても、自爆上等のボマーと敵対するよりはましだ。たとえ最後に敵対するとしても、淡鏡《あわかがみ》の海仮設ガレージを完成させるまでは敵に回したくない。

厚穂澪《あつほみお》はボマーから送られていた戦闘記録映像を添付したメールを開発部へ送信する。

「このボマー用にコンセプト機をでっちあげて。至急よ」

目立ちたがり屋のボマーに目立つ機体を与える。そうすれば、機体が壊れるまではユニゾン人機テクノロジーに利用価値を見出《みいだ》すはずだ。

「この時間稼ぎが効いているうちに、襲撃者の素性を洗って、淡鏡《あわかがみ》の海仮設ガレージを完成させて、ボマーへの対策も練る。……忙しいわね」

※

「久しぶりにこんな損害額を見ましたよ」

伴場《ばんば》がニヤニヤ笑いながら言う通り、淡鏡《あわかがみ》の海仮設ガレージ襲撃の結果は散々なものだった。

角原《かどはら》は腹立ちまぎれに机を指で叩《たた》く。その様子に、襲撃の指揮を執った白鳥《しらとり》は青い顔をする。

「部隊全員と連絡は取れるのか？」

角原《かどはら》の質問に、白鳥《しらとり》はごくりと喉を鳴らしてから頷《うなず》いた。

「と、取れています。ただ、今回の作戦失敗は自分の判断ミスで――」

「違うな」

白鳥《しらとり》の言葉を遮り、角原《かどはら》は眉間にしわを刻んだ。

何が違うと言われたのか分からず、白鳥《しらとり》が伴場《ばんば》に視線で問う。視線を受けて、伴場《ばんば》は小動物でもいたぶるようにニヤニヤ笑って静観を決め込んだ。

二人のやり取りに、角原《かどはら》は不機嫌を隠そうともせずため息をつく。びくりと白鳥《しらとり》の肩が跳ねた。

「森ノ宮《もりのみや》ガレージの介入、ボマーの参戦。作戦の前提条件が崩れている。いま淡鏡《あわかがみ》の海を制圧したところで海援《かいえん》重工が乗り出してくるだけだ。始める前からこの作戦は失敗している」

作戦失敗の責任があるとすれば、企画立案をした角原《かどはら》自身だ。これは認めなければならない。

角原《かどはら》の言葉に多少は肩の荷が下りたのか、白鳥《しらとり》があからさまに力を抜いた。

白鳥《しらとり》の気のゆるみを目ざとく見つけて、角原《かどはら》は低い声を出す。

「だが、この損害は白鳥《しらとり》、お前の責任だ。森ノ宮《もりのみや》ガレージからの砲撃があった時点で速やかに撤収するべきだった。作戦の前提が崩壊したと認識した時点で作戦行動を中止するのが現場指揮官であるお前の仕事だ。ボマーとの戦闘はほぼすべて無意味だった」

隙を突かれた白鳥《しらとり》は苦しそうな顔で口を閉ざした。

角原《かどはら》は白鳥《しらとり》の様子を観察するように目を細める。

「なんだ？　言いたいことがあるのか？」

「……いいえ。ありません」

「なら、下がれ。給料に響くことは覚悟しろよ」

虫でも払うように白鳥《しらとり》に退室を促し、角原《かどはら》は机に拳を落として苛立《いらだ》ちを発散する。

うるさそうな顔をする伴場《ばんば》を睨《にら》み、角原《かどはら》は声をかける。

「ボマーの奴《やつ》に、こちらの情報が洩《も》れている」

「まぁ、そうでしょうね」

伴場《ばんば》も疑問を挟むことなく同意した。

白鳥《しらとり》に対して、部隊全員との連絡が取れているかを確認したのも内部にスパイがいると仮定しての質問だった。反応からして「違う」ようだが。

「ボマーが海援《かいえん》重工かユニゾン人機テクノロジーと手を結んだと思うか？」

「ないでしょう。海援《かいえん》重工は野武士争奪戦でやられていて、俺たちのなりすまし工作でも被害を受けているわけで、ボマーを目の敵にしてます。公式に声明発表もありましたし」

海援《かいえん》重工は野武士鹵獲《ろかく》を妨害する仮称ボマーに対して警告を発している。手を組むとは考えにくい。

ならばユニゾン人機テクノロジーかとも考えるが、淡鏡《あわかがみ》の海にガレージを建設しているいま、最寄りの森ノ宮《もりのみや》ガレージを有する海援《かいえん》重工に睨まれているボマーを仲間に引き込むはずがない。

「どうやって海援《かいえん》重工を参加させたんだ。ボマーはどこの所属だ……？」

「個人の劇場型戦争屋って見立てじゃありませんでしたっけ？」

以前の角原《かどはら》とは違う見立てに、伴場《ばんば》が突っ込みを入れる。

「そう思っていたが、情報網が広すぎる。どこかから情報提供を受けているはずだ」

「まぁ、個人でスパイとして角原《かどはら》グループに潜り込んでいたら、会ってみたい気もしますね」

あくまでも角原《かどはら》の護衛として雇われている伴場《ばんば》はグループの趨勢《すうせい》にさほど興味がない。他人《ひと》事《ごと》のようにニヤニヤ笑っている伴場《ばんば》にイライラしながら、角原《かどはら》は考えを整理する。

新界のあらゆる勢力と敵対するような派手な活動。劇場型戦争屋という特異な存在。そんなものに情報を提供すれば日本の新界開拓は進まない。

進めたくない勢力がいるとしたら？

「マスクガーデナーの連中か……」

角原《かどはら》グループが取引する外国の工作員集団。目的は日本新界の独自資源の収奪であり、日本勢力とは完全に目的が異なる勢力だ。

角原《かどはら》グループが新界で確固たる勢力を築いて利権を確保すれば、マスクガーデナーとの危い取引を継続する必要がない。だから、妨害に走ったとすれば筋が通る。

だが、ボマーは角原《かどはら》グループの傘下《さんか》である八儀《やつぎ》テクノロジーに敵対する形で新界に登場した。

今回の作戦が影も形もなかったころだ。

当時のボマーはまだ野良《のら》アクターだったと考えることもできるが、楽観的すぎる見方だろう。あんな無謀で危険な爆弾魔が野良《のら》アクターだったと考えるより、ベテランアクターがマスクガーデナーからの依頼を受けて新規のアカウントを作ったと考える方が現実的だ。

それでも、海援《かいえん》重工が参戦してきたのは不可解だったが、手持ちの情報では他に合理的な説明がつかない。

角原《かどはら》は拳をきつく握る。

「マスクガーデナーは角原《かどはら》グループの代わりを手に入れたのか？　新界資源庁にも協力員を持つ国会議員以上の代わりなど要《い》るはずもない。……まさか、新界資源をかすめ取るのではなく、無茶苦茶に破壊するつもりか」

仮説ならばいくらでも立てられる。

はっきりしているのは、ボマーを放置しておけないということだ。

「伴場《ばんば》、野武士の鹵獲《ろかく》作戦を行う。好きに戦力を出していい。しかし、現場にボマーが現れたなら、野武士より優先して排除しろ」

「了解です、ボス」

部屋を出ていく伴場《ばんば》を見もせずに、角原《かどはら》は自身のホームページ上で野武士鹵獲《ろかく》に動くことを大々的に表明した。

「野武士に関しては情報が足りん。戦場に間に合えばいいが……」

# 第四話

ベッドの上で寝転び、カピバラぬいぐるみを机代わりに漫画を読んでいた千早《ちはや》は聞き流していたライブ配信が終わったことに気付いた。

スマホを取り出し、時間を確認する。

「更新時間……」

アクターズクエストの依頼掲示板の更新時間だ。アクターズクエストは新規の依頼が順次アカウントのおすすめに表示される仕組みだが、更新を挟むと掲示板の依頼リストが一変することがある。

アクターズクエストのＡＩがアクターの適性を再評価して依頼を再度割り当てるからだと言われているが、千早《ちはや》はよく知らない。

スマホでアクターズクエストの掲示板を開く。

最近、野武士争奪戦に国会議員の角原為之《かどはらためゆき》が代表を務める角原《かどはら》グループが参戦した。

これにより、がっつり狩猟部、海援《かいえん》重工、オーダーアクター、角原《かどはら》グループという新界でも有数の勢力が鎬《しのぎ》を削る事態となった。

どこの勢力も戦力確保に躍起になっており、千早《ちはや》の依頼掲示板にも拠点防衛や害獣駆除がずらりと並ぶ。明らかにアクタノイド戦を想定した害獣駆除依頼はそっと閉じた。

「なんでぇ……」

更新を挟んでも変わり映えしない戦闘特化の依頼掲示板に呟《つぶや》いて、千早《ちはや》は漫画を閉じる。

「測量依頼、ちゃんと終わらせたのに」

淡鏡《あわかがみ》の海の防衛戦に巻き込まれてひどい目にあったが、海岸の測量はきちんと終わらせた。防衛戦後にサイコロンで淡鏡《あわかがみ》の海に近づいた際には怪獣映画の自衛隊さながらの防衛陣を組んだアクタノイド部隊に遠巻きにされて泣いたものだ。

経緯はどうあれ防衛に参加した仲間のはずなのになんで、と。

「戦う依頼しかない……」

単機で二十機以上の敵機を破壊したのが決定的に不味《まず》かった。測量依頼による報酬など雀《すずめ》の涙に見えるほどの高額買い取りにより、アクターズクエストＡＩは千早《ちはや》のアカウントを実力の伴ったバーサーカーと思い込んでいる。

「匿名だからってみんな、好き放題に暴れて……。私は平和が欲しいだけなのに」

願っても手に入らないものだと半ばあきらめている千早《ちはや》は依頼掲示板で探すのを諦めた。

千早《ちはや》は学習したのだ。依頼掲示板以外でも依頼を探せるのだと。

探し出したのは新界資源庁のホームページにある常時募集依頼だ。淡鏡《あわかがみ》の海周辺の測量でひどい目に遭った上に報酬も少なかったが、非戦闘系の依頼実績を積めるならそれでいい。

「何かないかなぁ。ない……」

常時募集依頼が消えていた。

思わず目を疑う千早《ちはや》だったが、ページの読み込みミスでもなんでもなく、本当に常時募集依頼が消えている。

頭の中に疑問符が増殖した。

「なんでぇ？」

少し考えて、ハッとする。

戦いたくない平和主義のアクターはなにも千早《ちはや》だけではない。そんな平和主義者が千早《ちはや》と同様の思考で常時募集依頼に殺到し、依頼が片付けられてしまった。

地獄に垂らされた蜘蛛《くも》の糸は千切れていたのだ。

「あぁ、貴重な依頼が……」

運命に戦場へと追い立てられている気がして、千早《ちはや》は涙ぐむ。

何か他の依頼を探せないかと思考をフル回転させていた千早《ちはや》は、野武士争奪戦と距離を置いていそうな企業を思いついた。

「甘城《あまぎ》農業総合開発グループ、ならもしかして」

クレップハーブケーキを試験販売したケーキ屋が提携していた、官民合同企業グループだ。

食材としてクレップハーブをケーキ屋に売っている企業である。

農林水産省が関わっているため、野武士争奪戦という民間の争いからは距離を置く。しかも、ここの仕事は新界の植物や動物の生態調査やサンプル採集など、比較的平和な依頼が多い。

急いでアクターズクエストで甘城《あまぎ》農業総合開発グループのアカウントを検索する。

「やったー」

アカウントをフォローすると、甘城《あまぎ》農業総合開発グループが募集している依頼一覧にたどり着けた。

思わず両手を上げて喜ぶ。だが、生まれてこの方目立たないことを信条に生きてきたため、気恥ずかしくなって縮こまった。

「ふへへ……、どれにしようかな……」

今まで見たこともない数の平和な依頼が並んでいる。選《よ》り取《ど》り見取り、隣の青い芝生に足を踏み入れた千早《ちはや》はうっきうきで依頼を吟味する。

一つ一つ依頼を見ていくと、見覚えのある企業名を見つけて手を止める。

「新界化学産業さん……」

シトロサイエンスグループに属している企業のはずだが、研究開発で甘城《あまぎ》農業総合開発グループと協力関係にあるらしい。

以前、オーダー系アクタノイドに襲撃されていた仮設ガレージを救ったことがある企業だ。きっと感謝してもらえていることだろう。

これも何かの縁かもしれない。そう思って、依頼内容を詳しく見てみる。

新界植物資源の研究試料と資料収集と題された依頼だ。具体的には、有用と目される新界の植物について、その植物と周辺の土の採集や周辺環境を調べるための写真資料、定点観測による動物との関わりについての調査など多岐にわたるものだった。

内容が多いだけに募集内容にもいくつか項目がある。

「定点観測……これ、いい」

野生動物との関わりを調べる必要があるため、すでに仕掛けてある定点カメラの管理や観察対象の安全確保が仕事だ。安全確保といっても、野生動物に食べられた場合はそのままにしておいてほしいらしい。

極論、カメラ映像を度々確認して、カメラが倒れていたりしたら現地に置いてあるアクタノイドでそっと直す。ただそれだけの依頼である。交通量調査のバイトより楽だ。

当然報酬額は少ない。しかし、アクタノイドを借りる必要なく、害獣を追い払う弾薬などの経費も新界化学産業が出してくれる。実質、タダで参加が可能な稀《まれ》な依頼だ。

さらに、千早《ちはや》にとってうれしいのは時間給のシフト制になっていること。一定時間ごとに報酬が振り込まれる形になる。アクターズクエストの仕様上、非戦闘依頼の達成実績が時間ごとに増えていき、依頼掲示板における戦闘依頼の優先順位が下がっていく。

「参加、しまーす」

報酬額が少ないこともあって応募者が少ないのか、あっさりと依頼を受けることができた。

シフト表を見ると、四時間後が空いている。このままシフトが埋まらなければ、手の空いた新界化学産業や甘城《あまぎ》農業総合開発グループのスタッフが片手間に確認するようだ。

「ゆるいなー」

四時間後からのシフトを埋め、そこから続く八時間分のシフトを埋めきって、千早《ちはや》はベッドから出た。軽くストレッチをして軽食にビスケットとジャムの入った瓶を持ち、地下へ下りる。

「えっと、場所はーあれ？」

地形を知っておこうと定点カメラの場所を調べようとしたが、研究対象や周辺環境への干渉を防ぐため現場の座標は秘匿情報らしい。

これではどんな害獣がいるかも分からない。

しかし、シフトに入ったアカウントにだけ閲覧可能な業務日誌があることに気付いた。

業務日誌を書かなければいけないらしい。千早《ちはや》は少し気分が落ち込んだ。

「まぁ、事務的に書けばいいし……」

教師からのコメントがつく学級日誌などとは違う。もう「周りと積極的に関わりましょう」とか「何でも一人でやろうとせず、協力する姿勢をみせましょう」などとは書かれないのだ。

「そもそも一人だけど」

チームで行う依頼ではないため、日誌で関わりを求められることはない。事務的かつ端的な内容が求められている。千早《ちはや》の得意分野だ。

それに、いままでどんなトラブルが起きたのかを知っておけば対処もスムーズにできる。前任者たちの日誌には目を通しておいた方がいい。

業務日誌は七か月も前から始まっている。なかなかの長期プロジェクトのようだ。植物の定点観測なのだから、一年草でも丸々一年かかる計算になる。

「えっと、鳥にカメラが倒された。風で飛んできた枝に倒された。泥が跳ねたのでカメラレンズを綺麗《きれい》にした……へ、へいわだぁ」

思わず滑舌も溶けるほど平和な日常が業務日誌に綴《つづ》られている。一発の弾丸も飛ばず、凶暴な獣の雄叫《おたけ》びとも無縁な静かで落ち着いた平和がある。

尻尾の先が白いリスっぽい生き物が可愛《かわい》いとか、白尾《しらお》ちゃんと名付けたとか、業務内容に関係がない雑談のような記述もある。よほど書くことがなかったのだろう。

一口に業務日誌といっても書き手の個性が出る物らしい。

業務日誌を読んでいるうちに依頼の開始時間が迫り、千早《ちはや》はのほほんと穏やかな気分で機材を身に着けた。

「白尾《しらお》ちゃん見たい……」

期待に胸を膨らませ、千早《ちはや》はアクタノイドに接続する。

メインモニターに森の景色が映し出される。複数存在する定点カメラの映像を予備モニターに映し出し、千早《ちはや》は機体の状態を確かめた。

よく整備されているのか、指先まで滑らかに動くオールラウンダーだ。電波状態も比較的良好で、何より普通のオールラウンダーよりも駆動音が小さい。野生動物の興味をできるだけ惹かないようにするためだろう。

森は広葉樹が中心ながら針葉樹も見られる混成林。気温も低く、機体の熱暴走の心配は少ない。森林限界をぎりぎり超えている山の連なりが数キロ先に見えている。

どうやら新界の内陸部のようだ。経験豊富なアクターであれば山の稜線《りょうせん》から現在位置を推測することもできるだろうが、土地勘のない千早《ちはや》にはさっぱり分からない。

わかることがあるとすれば――ここが戦場であることだ。

「……なんで」

遠くから銃声が聞こえるのか。

それも、一発や二発ではない。明らかに銃撃戦が行われている。

口から魂が抜けていく感覚に千早《ちはや》は運命を呪いつつ、定点カメラから情報を得る。

尻尾の先が白いリスもどきが銃声に驚いて定点カメラを倒して逃げ去っていくところだった。

野生動物が直前まで気付いていなかったくらいだから、戦闘は始まったばかりなのだろう。

これでは、前任者に責任転嫁《てんか》することもできない。

恐る恐る、依頼内容を再確認する。

戦闘に巻き込まれた場合、環境の保全を第一に部外者のアクタノイドや野生動物を遠ざけるようにと書かれていた。戦闘の余波は環境を破壊する。依頼の目的からすれば当然の話だ。

だが、依頼主もこんな辺鄙《へんぴ》な場所で大規模な銃撃戦が行われると予想していただろうか？　していないよねと、千早《ちはや》はオールラウンダーの武装を見て泣き笑いになる。

貸出機に標準でついている連射可能な突撃銃ではなく、大口径拳銃が主武装。銃弾は十分にあるものの、いつも頼りにしている手榴弾《しゆりゆうだん》は環境破壊を避けているのか二発分。明らかに戦闘を想定していない。追い払うことだけを念頭に置いた武装である。

「うへっ、オワタ……」

響き渡る銃声はその数と勢いを増している。散開戦術でも取っているのか、徐々に銃声が聞こえる方向が広がっている。

たった一機で武装も碌《ろく》にないままに、あの銃撃戦の余波が定点カメラ周辺に及ばないようにしろというのか。無理だ。

千早《ちはや》にだってわかっている。さすがにこれは依頼を放棄しても許されるはずだ。

だが、同時に思う。

業務日誌をつけてきた前任者たちの努力が、千早《ちはや》の依頼放棄で完全に無に帰すのだと。

業務日誌は七か月以上前から始まっている。それがすべて無意味になる瀬戸際《せとぎわ》が、まさにいま。千早《ちはや》の選択一つにかかっている。

「ふへっおえっ」

プレッシャーで吐きそうだった。

機体も含めて経費はすべて依頼人持ちで、依頼内容にも追い払うように書かれている以上、何の抵抗もせずに依頼を放棄するのも良くない。

何か手はないかとオールラウンダーの背後にあった雨除《よ》けテントの中の備品をあさり、暴風雨の際に定点カメラを固定したり大型動物の死骸の回収に使うワイヤーを発見する。

予備も含めてかなりの量があるそのワイヤーを持ち上げて、千早《ちはや》は周辺の環境を守るためワイヤー陣地を築くことにした。

その選択がなにをもたらすかも知らずに。

「ふひっ」

なんでぇ、と呟《つぶや》いて千早《ちはや》はオールラウンダーを動かし始める。

――新界化学産業のロゴ入り、オールラウンダーを。

※

アクタノイド開発企業国内最大手、海援《かいえん》重工といえば新界でも指折りの勢力だ。

大企業としての豊富な資金力と技術力を背景に、専属のクラン海援《かいえん》隊を運用し、武力でも三指に入るほどの一大勢力である。

まともに正面から戦いを挑む集団など存在しない――はずだった。

「やはり譲らないか」

海援《かいえん》重工代表にしてクラン海援隊《かいえん》を指揮する海援吉俊《かいえんよしとし》は途切れない銃声を聞いてため息をつく。

愛機のオーダー系アクタノイド志士を最前線へと走らせながらオペレーターを横目に見る。仲間が展開したドローンなどの情報をもとに地図を起こしたオペレーターが戦場を俯瞰《ふかん》したマップを壁のスクリーンに映し出した。味方と判明している敵機の位置、おおよその高低さや森などが一目で把握できるものだ。この短時間にいい仕事をしてくれる。

新界を荒らしまわる所属不明のオーダー系アクタノイド野武士の討伐と回収が今回の最大目標だ。いままでの目撃情報や推測できる連続稼働《かどう》時間などを考えれば、この山脈のふもとに広がる森に潜んでいるのは確実。だが、スクリーンに野武士の影はない。

スクリーンに映されている敵機は三十機以上の集団。偶然居合わせたアクターチームにしては数が多すぎる。これだけの数を運用できるクランは限られる。

まして、海援隊《かいえん》を相手に正面から戦って一歩も引かない戦闘集団ともなれば、想像がつく。

「がっつり狩猟部か？」

オペレーターに確認すると、深く頷《うなず》かれた。

「間違いありません。槍ヶ峰《やりがみね》山脈の山頂から、尾根を盾にして撃ちおろしています。命中率の高さはもちろん、駆け引きも巧みです。十中八九、がっつり狩猟部の一軍メンバーです」

道理でやりにくいはずだと、海援吉俊《かいえんよしとし》はスクリーンを睨《にら》む。

がっつり狩猟部の一軍ならば代表のフィズゥがいる。クランメンバーも強いが、フィズゥは別格だ。ネット上で度々行われる新界アクター最強談義で必ず名が挙がる有名アクターである。

「がっつり狩猟部は公式ホームページがあるはずだ。三億円出す。引かせられないか？」

「打診しましょう」

オペレーターがキーボードをたたく音を聞きながら、海援吉俊《かいえんよしとし》は部下に指示を出す。

「目的はあくまでも野武士の撃破と回収だ。妨害者の相手はほどほどに。それよりも野武士の発見を優先する。武僧を一度後方へ下げ、重ラウンダー系で前線を維持、陣形を整える」

海援《かいえん》重工製のアクタノイド、武僧は単機での活動を前提としたランノイド系だ。精密機械ゆえ衝撃に弱いランノイド系でありながら、錫杖《しやくじよう》を模した専用の装備に狙撃銃を取り付けることで衝撃を殺し、狙撃を行うことができる。山狩りをするなら最適なアクタノイドだ。

反面、正面戦闘ではあまり役に立たないため、がっつり狩猟部との戦闘で減らすわけにはいかない。一度後方に送って探索に回すべき。

オペレーターが声をかけてきた。

「返答がありました。我々は野武士討伐中であり、海援《かいえん》重工と契約できない、とのことです」

「やはりな」

法律的に言質《げんち》を取られないよう、戦闘していることはぼかしているものの、がっつり狩猟部の言い分はこうだ。

『いくら金を積まれようと、野武士討伐を諦めず、邪魔するものは排除する』

予想の範疇《はんちゅう》だが、全面戦争は避けられなくなってしまった。

オペレーターが深刻な顔で呟《つぶや》く。

「やはり、野武士の有用性に気付いていますね」

野武士はその出自も含めて多くが謎に包まれているが、一つだけ確信されていることがある。

完全自立型、戦闘ＡＩを搭載していることだ。

アクター不足に悩む現在の新界で、並のアクターどころか奇襲とはいえがっつり狩猟部のメンバーを一方的に戦闘不能に追い込んだ事実は非常に重い。

野武士の搭載ＡＩを量産すれば、最強のアクタノイド部隊が作れてしまうのだから。

野生動物相手とはいえ戦闘を生業《なりわい》とするがっつり狩猟部からすれば無視できない商売敵の芽だ。万難を排して摘まなければならない。まして、資金力と技術力を有し、野武士ＡＩの量産が可能な海援《かいえん》重工に渡せるはずがない。

これではっきりした。がっつり狩猟部は、ここで叩《たた》き潰さなくてはならない。

「本来なら、協力できたというのに……」

がっつり狩猟部は信じないだろうが、海援《かいえん》重工は野武士を量産するつもりがない。量産するつもりがないからこそ、誰にも量産させないように——他国の手に渡らないように破壊し、回収しなくてはいけないのだ。

「政府の要請とはいえ、もう少し自由に動ければな」

新界には他国の工作員が入っている。マスクガーデナーと隠語で呼ばれるそれに野武士を渡せばどうなるかは火を見るより明らかだ。

だが、アクタノイド同士の戦闘は起きないというのが政府の建前。自衛隊を動かして事故を発生させるのも外聞が悪い。そこで、海援《かいえん》重工にお鉢が回ってきた。

曰《いわ》く、いろいろぼかしたうえで野武士を破壊してほしいと。

「ままならないものだなっ！」

海援吉俊《かいえんよしとし》は感圧式マットレスを踏み込んで、愛機志士を前線に向かわせる。右腕を持ち上げて防弾盾を構えさせ、がっつり狩猟部との前線を押し上げにかかる。

たちまち、山脈の尾根から銃弾が殺到した。しかし、ただでさえ頑丈な重ラウンダー系の志士が防弾盾まで構えているのだ。脅威ではない。

がっつり狩猟部が撃ってくる山脈の麓までは詰めない。こちらの射程に捉えられれば十分だ。狙撃が主体のがっつり狩猟部よりも、機関銃が主体の海援《かいえん》隊のほうが弾幕を張るのに適している。射程にさえ収めてしまえば、企業勢の豊富な資金力を背景に弾幕を張って尾根から頭も出せないようけん制できる。

重ラウンダー系である以上、斜面は行動が難しいというのも理由だったが。

前線に出た海援吉俊《かいえんよしとし》の志士を筆頭とした重ラウンダー部隊が展開し、機関銃を尾根に向ける。

たちまち、尾根に雪煙が立つほどの弾幕を叩《たた》きつけ、がっつり狩猟部の射撃を中断させた。

「第一部隊の機関銃が冷めるまでの間、第二部隊が弾幕を引き継げ。武僧、野武士は見つかったか？」

前方の安全を確保した海援吉俊《かいえんよしとし》は、戦場俯瞰《ふかん》図を映し出すスクリーンを見つつ報告を求める。

すると、部下たちから次々と困惑したような声で報告が入った。

「ワイヤーが張られています」

「こちらもワイヤーが張られています。かなり、広域に張っているようです」

「ワイヤー？」

場違いな単語に、海援吉俊《かいえんよしとし》は思わず聞き返した。

自分たちがこの戦場に到着するまで、他のアクタノイドは見なかった。後方にワイヤーを張る者など要《い》るはずがない。

だが、実際に張られているのなら、後方に敵がいる証拠だ。

「……意味が……分からない」

熟考の末、海援吉俊《かいえんよしとし》は呟《つぶや》いた。

報告を上げてきた武僧のカメラ映像などを見ながら、オペレーターも眉間に皺《しわ》を作って首をかしげている。

後方に敵がいるのなら、ワイヤーなど張らずに海援《かいえん》隊の背後から攻撃を仕掛ければいい。そうすれば、がっつり狩猟部と共に海援《かいえん》隊を挟み撃ちにできる。

オペレーターがマイク電源を切って海援吉俊《かいえんよしとし》にだけ聞こえるようにつぶやいた。

「か、完全な憶測ですが、攻撃ではなく退路を塞ぐのが目的のワイヤー陣で、後方の敵は数が少ないのではないかと思います」

「一瞬で決着する戦力だから、ワイヤーで退路を断つだけで仕掛けてこない？　これほど広範囲にワイヤーを仕掛けるくらいだ。もともとワイヤーを準備していないとこれはできない。準備できるのなら、戦力を準備していないというのは筋が通らないだろう」

「その、こ、これはもう推測の域ですらないのですが……ボマーでは、ないでしょうか？」

彼我の戦力を分析して有効な戦術を提案するのが仕事のオペレーターが、根拠もなしに推測ですらないものを語る。それは、プロの仕事として恥ずべき行為だ。

だがそれでも、オペレーターは恥を忍んで推測を語った。

沢を戦場に三《み》つ巴《どもえ》となった海援《かいえん》隊、がっつり狩猟部、オーダーアクターの戦闘を終結させたあのボマーが後方にいるとすれば、無視できない。あの後もいくつかの部隊が襲撃を受けている。可能性があるのなら、恥を忍んでも言わなくてはいけない。

海援吉俊《かいえんよしとし》はオペレーターに頷《うなず》いた。

「常に最悪を想定すべきだ」

後ろにボマーがいると仮定して、スクリーンを見る。

その瞬間、部下から緊急連絡が入った。

「野武士を発見！　ですが、ワイヤーが邪魔で緩衝地帯が取れません。合流させてください！」

後方に下げてワイヤー陣を見つけた武僧を操る部下たちだ。彼らでは、野武士との正面戦闘が難しい。広い戦場で野武士を翻弄しつつ、所定の位置まで釣り出す予定だったのが、ワイヤー陣により戦場が狭まり、動きが制限されている。

オペレーターが即座に野武士の位置をスクリーンに表示する。戦場の北側にいるらしい。

最悪を想定すべき、そう海援吉俊《かいえんよしとし》は考えていたが、事態は想定した最悪そのものだった。

西の山脈の尾根にがっつり狩猟部、東にワイヤー陣、北に野武士。海援《かいえん》隊は包囲されている。

「……そうか。やられた！」

海援吉俊《かいえんよしとし》は自分たちが死地にいることを理解する。いや、ただいるだけではない。ボマーに死地へと締め出されたのだ。

オペレーターも状況に気付き、悔しそうな顔をする。

「ボマーは前線に出た我々の退路をワイヤーで断ち、がっつり狩猟部と潰し合わせようとしているんですね」

「とんだ食わせ者だ。ここに二勢力以上が集まっていると読んだ上で、自分の手を汚さないキルゾーンを作り出した。漁夫の利を得るために、ワイヤーという網を張ったんだ！」

戦闘に巻き込まれないようにワイヤー陣で保護しようと必死になっている千早《ちはや》のことなどつゆ知らず、海援吉俊《かいえんよしとし》たちは自分たちを死地へと締め出したボマーに戦慄する。

南に退路があるのがなんとも嫌らしい。ワイヤー陣を張る準備をしていたくらいだ。未調査の南に何があるのか恐ろしく、撤退も容易ではない。

かといって、北の野武士、西のがっつり狩猟部、双方を相手にワイヤー陣を後ろにして背水の陣は全滅しかねない。だが、片方に注力すればもう片方に側面を突かれる。

電波状態が悪い槍ヶ峰《やりがみね》で、後方のランノイド系を狙われれば重ラウンダー系の自分たちは行動不能に陥る。

ぱっと見、盤面は詰んでいた。

だがおかしい、とも思う。

「ボマーは、ほぼ戦力を維持しているがっつり狩猟部を出し抜く算段があるのか？」

現状では、海援《かいえん》隊とがっつり狩猟部は牽制《けんせい》射撃をし合っているだけで被害を出していない。

このまま続けば弾薬切れを起こす海援《かいえん》隊が集中的に狙われて全滅するだろうが、がっつり狩猟部は戦闘能力を維持したまま野武士にあたるだろう。

オペレーターが怪訝《けげん》な顔をする。

「ボマーはがっつり狩猟部所属なのでは？」

「民間クランのがっつり狩猟部だ。三勢力衝突の無差別爆撃でも被害を受けていた。資金力が状況と噛《か》み合《あ》わない」

まだ何かある。何かが起こりうる。少なくとも、状況証拠はそう言っている。

「――がっつり狩猟部が動き出しました！」

部下からの報告に、海援吉俊《かいえんよしとし》はメインモニターを見る。

がっつり狩猟部が慌てた様子で尾根を越え、山を下ってきていた。

即座に状況を理解し、海援吉俊《かいえんよしとし》は仲間に指示を飛ばす。

「撃ち方止《や》め！　がっつり狩猟部への攻撃を一切中止！」

統率の取れた企業クランだけあり、支社長でもある海援吉俊《かいえんよしとし》の命令は絶対だ。一切の疑問を挟むことなく、海援《かいえん》隊は射撃を唐突にやめた。

がっつり狩猟部の後ろ、尾根を注視していた海援吉俊《かいえんよしとし》は、特徴的な黒い猫耳と尻尾のアクタノイドが現れたのを見て、予感的中を悟る。

「オーダーアクターっ！」

現れたのはオーダーアクター代表、メカメカ教導隊長の愛機トリガーハッピー。

オペレーターが報告する。

「がっつり狩猟部の機体をいくつか特定できました。オールラウンダー改造機、フィズゥ仕様の姿もあります」

フィズゥ仕様は平たく言えば、単機野戦隠密《おんみつ》仕様のオールラウンダー。あまりにもピーキーな改造で他に操る者がいない。姿が確認された以上、本人で間違いない。

山を下りてくるのは、がっつり狩猟部の代表率いる一軍、最強部隊と確定した。

「三勢力の最強部隊が揃《そろ》ったか。ボマーがこれを狙っていたとしたら、後方からも攻撃が来る。全員注意しろ」

※

がっつり狩猟部の代表フィズゥこと雅楽川淳《うたがわじゅん》はフィズゥ仕様と呼ばれるオールラウンダー改造機で先行していた。

フィズゥ仕様オールラウンダーは金属装甲をポリカーボネートの装甲に換装して軽量化、金属がこすれる音を消して静粛性を高くしている。

静粛性を重視しているため、冷却方式もファンによる空冷式から水冷式に変更されており、周囲の音に集中できる機体だが、破損による水漏れの危険性から衝撃にやや弱くなっている。

射撃時や走行時の衝撃を緩和するため、脚部のサスペンションが柔らかく設定されており、走行時には視界の上下が激しい。

試した仲間曰《いわ》く、画面の向こうのキャラクターが頷《うなず》きながら走っているVRゲームと評するほどで、フィズゥでもなければ画面酔いを免《まぬが》れないピーキー仕様だ。

しかし、利点も多い。フィズゥ仕様は使い手を選ぶだけで、上手に使えば最新鋭機と戦える機体だ。

仲間の機体を追い抜き、狙撃銃『与一』から突撃銃『ニンジャ＝サン』に持ち替える。脚部クッションを利用して下り坂を滑り降り、木の幹を足場に速度を緩和する。

右足を軸に幹の裏へと回り込みながら突撃銃を水平に移動して銃弾をばらまく。静粛性に優れたこの突撃銃はさらに特定波長の音しか出さないように特注されたものだ。おかげで、パソコン側でノイズキャンセルを行い、フィズゥの耳には無音と変わらない。

ばらまいた銃弾が金属に弾《はじ》かれる音はしない。妙なことに、近くに敵機はいないらしい。

思い返せば、尾根を下りる際に見た海援《かいえん》重工は唐突に攻撃をやめていた。

「俺たちをオーダーアクターと潰し合わせる気か？　いや、それなら挟み撃ちにするか。なにを考えているんだ？」

呟《つぶや》きつつ、木の裏にオールラウンダーを隠す。

フィズゥのすぐ横に滑り込んできたサイコロンが勢いそのままに森へと入って敵機がいないのを確かめる。味方でよかったと思える丁寧で素早いクリアリングをしたサイコロンがボイスチャットで話しかけてきた。

「状況は悪いですよ。フィズゥさん」

「分かっている」

前方の海援隊《かいえん》に対して、がっつり狩猟部は山脈の尾根を盾にして迎え撃つつもりだった。

散開戦術を取るには個々の機動力が重視される。機動力は装甲の重量、つまり機体の防弾性能と反比例するため盾がなければ集団戦で海援隊《かいえん》に勝てない。

そんな防弾性能が低い自分たちが、海援隊《かいえん》とオーダーアクターに挟まれた。状況は最悪だ。

「後方のオーダーアクターが詰めてきます。挟み撃ちにされますよ」

部下の報告に、フィズゥは眉をひそめつつ改造機を操作して素早く後方に戻る。

オーダーアクターの重装甲機体が尾根の上に立ち、重機関銃を撃ちながら慎重に前進してくる。サイズも形状もばらばらで統一感がないオーダー系アクタノイド部隊はいっそ壮観だった。何機かは依頼を一緒に受けたこともあるが、弱点までは分からない。

フィズゥは狙撃銃に持ち替え、重装機体の間を縫って尾根へ射撃を加える。尾根に銃弾が跳ねた直後、顔を出した機体が慌てて引っ込んだ。ラグの影響で狙撃前の入力が着弾と前後したのだろう。

あの様子だと、オーダーアクター側は通信強度を増すランノイド系がまだ現場に到着していない。その証拠に重装機体が足を止めた。これ以上進むと電波が悪すぎて通信途絶するのだろう。

束《つか》の間《ま》の膠着《こうちゃく》状態。オーダーアクター側のランノイド系が到着するまでの猶予だ。

いま打開策を見つけなければ全滅する。

突破口を探した時、味方のジャッカロープから報告が入った。

「海援《かいえん》隊が北へ移動を開始しました」

「北へ？　東に後退して立て直すか、俺たちをオーダーアクターと挟み撃ちにする場面だと思うが」

「野武士を発見したようです」

「野武士を？」

一瞬納得しかけるが、やはりおかしな動きだと思いなおす。

現在位置は、北に野武士、その南に海援《かいえん》隊、そのさらに南にがっつり狩猟部、その西にオーダーアクターだ。

がっつり狩猟部が海援《かいえん》隊のいた地点まで下がれば、オーダーアクターとの間に十分な緩衝地帯ができる。もともと山岳でのゲリラ戦が得意ながっつり狩猟部にとってはおあつらえ向きの戦場が出来上がる。

さらに、野武士へ手を出すことをがっつり狩猟部もオーダーアクターも見過ごさない。その二者に対して背を向ける海援《かいえん》隊の動きはあまりにも愚かしい。

「海援《かいえん》隊は我々とオーダーアクターの十字砲火を後方から浴びつつ、正面の野武士に対峙《たいじ》しようっていうのか……？　何かありそうだな」

戦術的にあり得ない動きをする海援隊《かいえんたい》だったが、フィズゥは海援隊《かいえんたい》の中に代表である海援吉俊《かいえんよしとし》の愛機『志士』がいるのを目視していた。

海援隊《かいえんたい》のトップパーティが初歩的な戦術のミスをするとは考えにくい。

どんな裏があるのかは分からないが、取れる戦術は多くない。結局は、海援隊《かいえんたい》がいた場所に陣取るのがこの場の最善手だ。

「罠《わな》と武僧の待ち伏せに注意しつつ、後退しよう。海援隊《かいえんたい》の反転も考えて、北側に戦闘可能な機体を配置する」

なにがあるのかと、フィズゥは仲間の機体を心配しつつオーダーアクターの重装機体の合間や股の間を縫ってしつこく尾根へと牽制《けんせい》射撃を加え続ける。

ほどなくして、仲間の連絡が来た。

「報告。ワイヤー陣です。素人《しろうと》が張ったように杜撰《ずさん》ですけど、数が多い」

「凝ったものを張る時間はないはずだからな。手榴弾《しゆりゆうだん》なんかは取り付けられてないか？」

「一つ、手榴弾《しゆりゆうだん》が括《くく》りつけられているものもあります。でもこれ、海援隊《かいえんたい》が仕掛けたとは思えませんね」

仲間の言う通り、この局面で海援隊《かいえんたい》がワイヤートラップを張る意味がない。自らの退路を断つ形にしかならない。

「角原《かどはら》グループか？」

　つい最近、野武士争奪戦への参加を表明した国会議員角原《かどはら》率いる大規模勢力。海援《かいえん》隊と戦える勢力は自分たちと後方のオーダーアクターを除けば角原《かどはら》グループくらいだ。

　だが、角原《かどはら》グループが海援《かいえん》隊の背後を取ったのなら、オーダーアクターがっつり狩猟部に対してやったように挟み撃ちを狙って攻撃するはずだ。

　仲間から共有されたカメラ映像でも、ワイヤートラップしか映っていない。普通なら機体を伏せてワイヤー陣を盾に攻撃を加えてくる。ワイヤー陣そのものにアクタノイドを破壊する能力はないのだから。

　このワイヤー陣は戦術的にかなり中途半端《ちゆうとはんぱ》だ。角原《かどはら》グループが仕掛けたとは考えにくい。

「……まさか、ボマー？」

　角原《かどはら》グループよりあり得ないはずだ。たった一人のアクターがこの大規模勢力の三つ巴《みどもえ》に介入してくるなど、本来想定する意味がない。

　それでも、ボマーならやりかねない。いまだに姿も見せていないのが逆に信憑性《しんぴよう》を増している。

　なにより、中途半端《ちゆうとはんぱ》に見えるワイヤー陣に筋が通る。

「──畜生、ボマーでほぼ確定か」

　苦々しく呟《つぶや》くフィズゥに仲間が聞き返す。

「確定？　ですが、なんでワイヤートラップなんて……」

「ここを封鎖するのは戦場の展開を操る最上の一手なんだよ」

海援《かいえん》隊が退路を断たれて背水の陣を嫌ったのと同様に、オーダーアクターに押し込まれているがっつり狩猟部もここに来て退路を断たれた。

しかし、ワイヤー陣の本来の目的は退路封鎖ではないとフィズゥも、海援吉俊《かいえんよしとし》も読んだのだ。

「海援《かいえん》隊は、背水の陣で俺たちや野武士と二正面戦闘に入り、擦り減るのを嫌う。そこで海援《かいえん》吉俊《よしとし》は考えた。ここにいる勢力すべてに共通する目的は互いの潰しあいではなく、野武士の討伐や鹵獲《ろかく》だ。ならば、互いの生存のために背中を一時的に預け合うしかない状況がある」

「まさか、海援《かいえん》隊が野武士を引き受ける代わりに、私たちがっつり狩猟部がオーダーアクターと真っ向対峙《たいじ》できる状況になった？　でも、海援《かいえん》隊が野武士を鹵獲《ろかく》したらどうします？」

「オーダーアクターが黙っていない。それに、我々もだ。そして、ここに集ったアクタノイドの中で海援《かいえん》隊は重ラウンダーを連れていて防御力が高い反面、移動速度が遅い。鹵獲《ろかく》した野武士を持って逃げ切るのは現実的じゃない」

重ラウンダー系は戦闘能力こそ高いが、移動速度は時速六十キロメートルほどで、燃費も悪い。この戦場から鹵獲《ろかく》機体を持って逃げるのが難しく、追手となりそうな勢力すべてを片付けるしかない。

ジャッカロープのアクターがごくりと喉を鳴らす。

「つまり、海援隊《かいえん》と私たちが現実的な選択をした場合、背中を預け合って戦うしかない状況を、このワイヤー陣だけで、ボマーが作った？」

推測が正しければ、戦慄するほどの戦況コントロールだ。

だが、状況証拠ではそうとしか考えられない。海援吉俊《かいえんよしとし》もそう考えたからこそ、思惑に乗るしかなかったのだ。

フィズゥもそうだ。思惑に乗るしかない。

「ボマーの奴《やつ》、オーダーアクターが俺たちの背後をつくことも見越していたとしか思えない。嫌らしいが、正直助かった。総員、オーダーアクターに対抗する。海援《かいえん》隊の背後を守るため、分散し過ぎないように注意しろ。トリガーハッピーとは撃ち合わず、敵ランノイド系を狙え！」

指示を出しながら、フィズゥは機体を藪《やぶ》に隠してパソコンを操作する。

海援《かいえん》重工から届いたメールを開き、苦々しく思いながら文字を打ち込む。さきほど、三億で共闘を打診してきたのはこのワイヤー陣があったからだろう。オーダーアクターの介入で状況が変わり、この共闘打診を呑《の》むしかなくなった。

「三億は流石《さすが》に安すぎる。足元見やがって。吹っ掛けてやる」

オーダーアクターを相手に正面戦闘をすれば、装甲が薄いがっつり狩猟部は全滅必至だ。最低でもその機体損失分と野武士鹵獲《ろかく》による利益の一部をもらわなくては割に合わない。

「背中を守ってやるから、用心棒代はもらうぞ」

金額を打ち込んでメールを送信し、ちらりとワイヤー陣を見る。

ボマーの正体がわからない。だが、介入してくる以上、事態を俯瞰《ふかん》できる立場にいるはずだ。だというのに、全く正体も目的も摑《つか》ませない。すべての勢力を敵に回すあの立ち回りは、いったいどこの勢力のアクターなのか。

「……あんなあぶねぇ奴《やつ》を飼ってるボスの顔が見てみてぇ」

※

オーダーアクター代表メカメカ教導隊長こと大辻鷹《おおつじたか》は対峙《たいじ》するがっつり狩猟部に牽制《けんせい》射撃を行いながら笑う。

「敵同士が共通の目的を前に背中を預け合い、戦う姿。麗《うるわ》しいね。涙が出ちゃう」

「射撃の的が増えて嬉《うれ》しいからでしょ」

「バレた？」

自他ともに認めるトリガーハッピー大辻鷹《おおつじたか》としては、実際に楽しくてしょうがない。

とはいえ、喜んでばかりもいられないと大辻鷹《おおつじたか》は戦況を見る。

がっつり狩猟部は散開戦術とゲリラ戦で本領を発揮するクランだ。互いを捕捉した状況から正面からの撃ち合いであれば、百回やって百回勝てる。

しかし、がっつり狩猟部との戦闘の後に海援隊《かいえん》、そして本命の野武士と戦うとなると状況が変わってくる。

「遠征だから弾薬がないんだよねぇ」

槍ヶ峰《やりがみね》の尾根から撃ち下ろしつつ、弾薬の残量を確認する。

愛機トリガーハッピーは両腕に仕込んだ特製の重機関銃を乱射するため、火力は高いが弾薬の消費が激しい。メイド服型の装甲のうち、スカート部分の裏には大量のマガジンが格納されており、そこから順次装填されていく。

いままでであれば、こういった撃ち合いの局面では重ラウンダー系の仲間が斬り込み、その後にトリガーハッピーたち火力制圧組が続いて短時間戦闘にする。

だが、今はその斬り込み部隊が精彩を欠いている。

自分が先陣を切るしかないな、と大辻鷹《おおつじたか》は仲間に合図を送った。

すぐさま、大辻鷹《おおつじたか》はトリガーハッピーに尾根を飛び越えさせ、持ち前の機動力で斜面を蛇行しながら駆け下りる。

ランダムに蛇行しているはずだが、がっつり狩猟部の狙撃は正確でトリガーハッピーの装甲を度々銃弾がかすめた。ラグを考慮した偏差射撃という変態染《じ》みたその技量には敵ながら称賛を送るが、使っている銃が気に食わない。

「ニンジャ＝サンなんて銃声がしない豆鉄砲使ってんじゃねぇ！」

怒鳴りながら、両腕に仕込んだ重機関銃『トドロキ』で槍ヶ峰《やりがみね》の麓を面制圧する。圧倒的な火力で木々をなぎ倒し、高速で麓に滑り込んで走り回る。

がっつり狩猟部の姿は見えない。奥に後退したらしい。

「隊長、無事ですか？」

「ちょっと掠《かす》ったくらいだね。みんなもおいでー」

「了解です。すみません、斬り込み部隊なのに重役出勤させてもらっちゃって」

冗談めかして言っているが、斜面を集団で駆け下りながら自作アプリで手榴弾《しゅりゅうだん》を正確に遠投している斬り込み部隊ががっつり狩猟部の気を引いたからこそ、トリガーハッピーが無事に下りられたのだ。十分に仕事を果たしている。

それでも、あいつがいれば銃弾が掠《かす》ることもなかっただろうなと、大辻鷹《おおつじたか》は寂しく思う。

気持ちは同じだったのか、尾根を続々と下りてくる仲間の一人がボイスチャットで呟《つぶや》いた。

「斬り込み番長の副長が引退しちゃったのは、痛いですよね」

仲間の一人が呟《つぶや》く通り、二か月ほど前に斬り込み部隊を率いていた副長、獅蜜寧《ししみつねい》が寿引退したのが悔やまれる。

大辻鷹《おおつじたか》は苦笑しつつ、仲間に言い返す。

「置き土産なら戦場の反対側で海援《かいえん》隊とバトってるけどね」

獅蜜寧《ししみつねい》が去り際に残したあの子。獅蜜《ししみつ》の趣味の塊にして置き土産の暴走ロボット『野武士』

である。

「しっかしまぁ、副長のソフト開発能力はやばいですね。全自動で海援隊《かいえん》と戦うアクタノイドなんて、解析したら勢力図が塗り替わりますよ」

そう都合のいいものでもないだろうな、と大辻鷹《おおつじたか》は副長の顔を思い出す。

獅蜜《ししみつ》の暴走ロボット愛は『プログラムの正常化で味方になる』という展開よりも『暴走が加速したり伝播《でんぱ》する』展開に萌《も》えるタイプだ。解析したプログラムを搭載すると何らかの条件で暴走するとか、すでにウイルスをばらまく準備を調えているとか、絶対に味方にならないように考えて作っているだろう。

どんな展開が待っていようと、あのまま放置しておくには危険すぎる置き土産であることに変わりはない。外国の工作員と噂《うわさ》されるマスクガーデナーが手に入れて量産し、新界にばらまく可能性だってあるのだ。

大辻鷹《おおつじたか》は味方の陣形が整うのを待ちつつ、索敵で得られたがっつり狩猟部の配置を見て首をかしげる。

「それにしても、がっつり狩猟部が散開しないのが気になるなぁ。海援隊《かいえん》の背後を守っているように見えるんだよね」

「敵同士ですよね。現場判断でこちらに当たるつもりだとしたら、きっかけがあるかと」

きっかけ、といっても自分たちの乱入くらいしか思いつかない。

大辻鷹《おおつじたか》はランノイド組に声をかける。

「連中の後ろが見えてる人いるー？」

「森が深くて流石《さすが》に分からないです。ドローンも落としにかかってくるので迂闊《うかつ》に近寄れません。物資がきびちぃ」

遠征の弊害だな、と大辻鷹《おおつじたか》は考えつつ、共有されたドローン映像を見て気付く。

がっつり狩猟部が絶対に一定のラインから後方に下がろうとしない。

「あぁ、なんか読めたわ。四つ目の勢力が静観を決め込んでがっつり狩猟部を睨《にら》んだか、退路を塞いだね。角原《かどはら》グループとかマスクガーデナーだったら嫌だなぁ」

角原《かどはら》グループもマスクガーデナーも日本人にとっては害しかない勢力だ。

自作のネズミ型ドローンを森に放った仲間のオーダー系アクタノイド『ハーメルン』のアクターが報告する。

「がっつり狩猟部の後方索敵には反応ないですよ？　ワイヤー陣が張られてますけど」

「ワイヤー陣かぁ。オールラウンダーを探して」

この戦況でワイヤー陣を作り出すような輩《やから》は一人しか思い浮かばない。大辻鷹《おおつじたか》が即座に指示を飛ばすと、ハーメルンも察したらしい。

「うわっ、マジでいた。ワイヤー陣の奥、オールラウンダー貸出機が単独で立ってます。ちなみに貸出機のロゴは新界化学産業」

出たよ、と誰かが呟《つぶや》き、仲間たちが笑いながら話に交ざる。

「じゃあこの状況にしたのってボマー？　やっばいね。漁夫の利に王手をかけてるじゃん」

「もしかすると、野武士を取られるかもしれないっすねぇ」

「隊長が副長の残してくれたメモを無くさなかったら、こんな面倒にならなかったのになぁ」

「謝ったでしょー。蒸し返さないの」

軽口をたたきながらも、大辻鷹《おおつじたか》は楽観できなくなった戦局を睨《にら》む。

一番のネックはワイヤー陣だ。たった一機とはいえ、陣地を構築したボマーは目障《めざわ》りで、早々に退場してほしい。

罠《わな》を仕掛ける時間はあまりなかったはずだ。実際、ボマーが森に張ったワイヤー陣には手榴弾《しゅりゅうだん》などのブービートラップがほぼ見当たらない。ただ、この状況を作るためのワイヤーを準備しているのだから、巧妙に地雷を埋めてあってもおかしくはない。

一つでも罠《わな》があれば、一機もっていかれる可能性があるのが厄介だ。構成しているアクタノイドが全てオーダー系アクタノイドであるオーダーアクターにとって、一機でも鹵獲《ろかく》されるのは避けたい。

さらに、散開戦術が得意ながっつり狩猟部が損害覚悟でワイヤー陣に入って応戦してきた場合、手が出しにくい。逃げ込まれる前に圧力をかけ、丁寧にすりつぶすしかない。

なにより、ボマーの目的が不透明だ。

「まさか、未改造のオールラウンダーで野武士と渡り合おうとまでは思ってないといいけど」

大破覚悟で首を撃ち抜いて攻撃するような奴《やつ》だ。野武士と一騎打ちをしてもおかしくない危うさがある。下手をすれば、野武士を鹵獲《ろかく》しうるのではないか。

海援隊《かいえん》などとの戦闘をして消耗した野武士ならばなおさらだ。

ならば、いっそボマーの前に消耗する前の野武士を誘導して一騎打ちさせ、ボマーの思惑を根本から崩してみるのはどうだろう。

ニヤッと大辻鷹《おおつじたか》は笑い、作戦の方向性を決める。

「ボマーの位置情報を常に送って」

「どうするんですか、隊長？」

「まずは全火力でがっつり狩猟部を追い払う。火力機はついてきて」

※

千早《ちはや》はワイヤー陣の後方、やや北寄りの山の中腹に陣取っていた。

観察対象を映している定点カメラとワイヤー陣の向こうの戦場を映す機体メインカメラの間できょろきょろと視線を動かす。カメラが倒れたら立て直しに行かないとまずいが、戦場からワイヤー陣へと踏み込む機体があれば対処しなくてはいけない。

大忙しの千早《ちはや》は戦場を俯瞰《ふかん》して、ぽつりとつぶやく。

「こ、怖い、なぁ……」

森の中で行われている戦闘の詳細までは分からない。だが、時折枝の隙間から見える姿や銃声の分布から展開がいくらか判断できる。

トリガーハッピーを先頭にしたオーダーアクターたちが迷彩仕様のアクタノイド集団に突貫し、突撃銃や重機関銃で圧倒していく。

迷彩仕様の集団は軽装甲の機体が多く、正面激突で瞬《また》く間《たま》に陣形を崩されていく。本来は散開して隠れながら攻撃する人たちなのだろう。

陣の中央を突破された迷彩仕様の集団は同士討ちを恐れて火力を生かせず、千早《ちはや》が張ったワイヤー陣に逃げ込むこともできずにすりつぶされていく。

オーダーアクター側も多少の被害が出ているようだが、後続の部隊が破損した機体を回収して一か所にまとめ、重装機体で防衛している。

最新技術の塊であるオーダー系アクタノイドだけで構成されているだけあって、鹵獲《ろかく》されない立ち回りを徹底している。かなり訓練された動きだ。

迷彩仕様の集団は数機のアクタノイドが脱出に成功している。しかし、大なり小なり破損している機体が多く、戦線復帰は絶望的だ。

民間クランであれば、機体を保全するため撤退を選ぶしかないだろう。

迷彩仕様の集団を追い払ったオーダーアクターが陣形を整えていく。

オーダーアクターの狙いは野武士との戦闘を繰り広げている重装機体の部隊だろう。野武士の機動力と隠密《おんみつ》性に翻弄されながらも、じりじりと包囲の輪を狭めている重装機体の部隊。

機体に刻印された企業ロゴに、千早《ちはや》は見覚えがある。

「海援《かいえん》重工……」

大企業のクランが野武士を狙っているとはニュースサイトの記事で知っていたが、現場を見ると少々驚きだった。

「AI制御なんて、ほんと、かな……」

いまいち信じられない千早《ちはや》を余所《よそ》に、戦闘は進んでいく。

オーダーアクターは海援《かいえん》隊に対して相手の射程外からすりつぶすつもりらしい。近寄りすぎず、野武士包囲網の一部へ銃撃を加えている。

海援《かいえん》隊はランノイド系の安全確保に苦慮しているようだ。もともと依頼のために周辺環境を整えてもらっている千早《ちはや》とは異なり、こんな僻地《へきち》に遠征してきた彼らは電波状況が悪い。ランノイド系を失えばもう戦闘どころではない。

千早《ちはや》としては、双方が潰し合ってくれれば残党狩りで周囲を捜索することもないだろうから、自分が見つかるリスクが減ってありがたい。

とはいえ、海援《かいえん》隊の動きに千早《ちはや》は首をかしげた。

「応戦せずに、逃げれば、いい、のに……」

逃げ道をワイヤーで潰した当人の自覚もなく、千早《ちはや》は呟《つぶや》く。

早くどこかへ行ってほしいなと、嵐が過ぎ去るのを待つ千早《ちはや》をよそに、戦場で海援《かいえん》隊の重ラウンダー系アクタノイド『キーパー』が爆発する。

「あんな装甲が分厚い機体でも壊れちゃうんだ……」

オールラウンダーで飛び込んだら一分と保《も》たないだろうな、と千早《ちはや》は緊張で半笑いになる。

逃げようと思えば逃げられるのに、あんな風に撃ち合うなんて正気の沙汰ではない。あそこにいるアクターは例外なく機体を壊すことも躊躇《ちゆうちよ》せずに戦うことが目的になってる頭のおかしい連中に違いない。

自分のような平和主義者とは相いれない人たちだ。千早《ちはや》は確信してやれやれと首を振った。

「機体は大事にしなきゃ。野蛮、だなぁ」

呟《つぶや》きつつ、千早《ちはや》は間違い探しでもするように森の中に潜んでいる機体を次々に発見する。激戦を物語る銃声の出所を探していけば発見は容易だった。

オーダーアクターや海援《かいえん》隊がいるのなら狙いは野武士だと千早《ちはや》でもわかる。しばらく森を探していけば、戦場の端に黒い機体を見つけた。

弓矢を携えた鎧《よろい》武者のようなデザインのアクタノイド。足元には撃破されたらしい重装甲のアクタノイドが火花を散らして倒れている。

あれを仕留めれば、戦闘は終結するだろう。ワイヤー陣で安全を確保している千早《ちはや》からは一方的に狙い放題だが、困ったことに狙撃銃がない。あったとしても千早《ちはや》の腕では当たらない。

そもそも戦闘を極力避けたい千早《ちはや》は成り行きを窺《うかが》うだけで参加する気が一切ない。

「早く、どっかいかないかなぁ」

のほほんと戦場を観察しながら、千早《ちはや》は戦闘の終了か依頼の交替時間のどっちかが来るのを待つばかり。

「まぁ、野武士は戦場の反対側だから、こっちにはこない、よね」

そろそろ定点カメラに近い待機場所に戻った方がいいかなと思った時、野武士が動いた。

勇敢にも海援隊《かいえんたい》とオーダーアクターの戦場に斬り込んだのだ。トリガーハッピーが両腕に仕込んでいる重機関銃の音に反応しているらしく、一直線に走り込みながら巨大なタングステン刀を抜き放ち、立ちふさがる機体を叩《たた》き伏《ふ》せて駆け込んでいく。

金属製のアクタノイドを斬れずとも、野武士の太刀筋は強烈で精確だ。比較的脆《もろ》い腕や脚を叩《たた》き壊《こわ》している。あの乱戦の中で自走できなくなれば敵勢力側に仕留められてしまう。

野武士の目標はあくまでもトリガーハッピーなのだろう。他は自分が仕留めなくても構わないのだ。

乱入されたオーダーアクターや海援隊《かいえんたい》も迂闊《うかつ》に野武士への攻撃ができないでいる。この戦場で野武士を破壊してしまうとその場で争奪戦になる。それも、一歩たりとも退くことができず、相手を殲滅《せんめつ》するまで戦い抜く羽目になる。

トリガーハッピーも乱戦を嫌ったか、重機関銃を周囲の海援《かいえん》隊へ撃ち込んで牽制《けんせい》し、野武士を戦場から釣り出そうと動いていた。

トリガーハッピーの意を酌《く》んだ他のオーダーアクターの面々が追撃しようとする海援《かいえん》隊との間に割り込んでいく。

「おぉ……」

見事な連携に千早《ちはや》は小さく拍手する。

「あの酔っぱらいお姉さんが中身なんて、信じられない」

トリガーハッピーのアクターを思い出し、千早《ちはや》は失礼なことをつぶやいた。

そういえば、メモ紙を返しそびれていたと思いだし、千早《ちはや》はメインモニター横に置いてある財布を見る。

いつか再び会うこともあるだろうと、外出時には必ず持っていく財布にメモ紙を忍ばせているのだ。

「もう返さなくても、いい気がする」

また迷惑をかけられるだけだし、できるだけ距離を置きたいのが本音だった。

メインモニターに視線を戻した千早《ちはや》は予想が早くも的中したことを知る。

戦場に背を向けたトリガーハッピーが千早《ちはや》のオールラウンダーが潜む山の中腹目掛けて走り

出していた。

——距離をおいても、迷惑は全速力で千早《ちはや》のもとに走り込んでくるのだ。

「——ふぇあ!?」

観戦気分だった千早《ちはや》は間抜けな悲鳴を上げてオールラウンダーを操作する。

迎え撃つわけがない。当然逃げ一択。

千早《ちはや》のオールラウンダーは右足を軸に素早く反転し、戦場に背を向けて走り出す。ワイヤー陣の方へはいけない。ワイヤー陣の中には守るべき定点カメラや観察対象があるからだ。

オールラウンダーを壊すのは避けたいが、何よりも観察対象と周辺環境の安全が第一。優先順位を間違えてはいけない。

たとえ、オールラウンダーが無防備になるとしても。

山の頂上へ行ってしまうと姿をさらしてしまうため、中腹をぐるりと回って山の裏側を目指すルートを取りながら、バックカメラで戦場を見る。

トリガーハッピーは持ち前の異様な身軽さでワイヤーを避けている。ハードルでも越えるようにワイヤーをまたぎ、片手で木の枝を摑《つか》んで二段構えのワイヤーを越え、着地しても速度を落とさずスライディングでワイヤーを潜《くぐ》り抜《ぬ》ける。その速度はオールラウンダーの比ではない。

トリガーハッピーを追いかける野武士も異様だった。その手に持つタングステン刀で無理やりワイヤーを引きちぎりながら走ってくる。人型機械とはいえ、どんな馬鹿力なのか。

新界のトップ勢相手では、罠《わな》も仕掛けられていないワイヤー陣など物の数ではないらしい。

さらに、トリガーハッピーが進路を微妙に変更した。

――なぜか千早《ちはや》のオールラウンダーへ。

「なんでぇ⁉」

慌ててオールラウンダーの進路を変える。トリガーハッピーたちの直線上には立ちたくない。

しかし、トリガーハッピーは空に浮いている観測用のドローンで千早《ちはや》のオールラウンダーの位置を正確に知らされているらしい。

明確な意思を持って、千早《ちはや》のオールラウンダーを追跡してくる。

もとより、オールラウンダーの速度ではトリガーハッピーから逃げ切れない。

迎え撃つしかないと悟った千早《ちはや》は半泣きになりながら使ったこともない大口径拳銃をオールラウンダーに構えさせた。

「や、やっぱりあの沢での、お礼参りする気でしょ⁉　ヤンキーマンガみたいに！　ヤンキーマンガみたいに‼」

涙ながらに叫んでいる間にも、バク転すら可能な超絶運動能力でトリガーハッピーがワイヤー陣を抜けてくる。

木の幹を蹴って枝の上に飛んだかと思うと、後方から飛んでくる野武士の矢を幹を盾に防いで枝の上を走る。枝がトリガーハッピーの重量に耐えられずに折れると、不安定さも感じさせずに片足で着地する。

仮に千早《ちはや》があの機体を使ったとしても、アクターの運動能力が違い過ぎてスペックを生かせないだろう。確実にワイヤーに掴《つか》まっていたはずだ。

ましてや、千早《ちはや》が今使っているのはオールラウンダー。性能面で見ても正面から戦闘ができるわけがない。

「……ふ、ふへっ、ふへへっ」

千早《ちはや》は早鐘を打つ心臓を押さえる余裕もない。

敗戦確定。だが、逃げられないのだから戦うしかない。ワンチャンにかけるしかないのだ。

狙うのはトリガーハッピーではなく、その後ろの野武士。野武士を破壊できれば、その後にオールラウンダーを破壊されても構わない。この戦闘はあくまでも野武士の鹵獲《ろかく》や破壊を目的にしているのだから、野武士がトリガーハッピーの手に落ちれば自然と収束する。

「この森に、へ、平和を……」

うわごとのように呟《つぶや》きつつ、千早《ちはや》は覚悟を決める。

絶対にこの森の環境と白尾《しらお》ちゃんを始めとした森の生き物たちの平和を守り抜く。

オールラウンダーの左肩を森へ向け、右手に持った大口径拳銃の引き金に指を当てながら森の奥から向かってくるトリガーハッピーの後ろに注目する。

トリガーハッピーに銃撃されても機体の左側面を犠牲にして最低でも一発は野武士へ撃ち込

む。相打ち覚悟の体勢だった。

「く、くる……！」

トリガーハッピーが森を抜けた瞬間、両腕の銃口をオールラウンダーに向けたのを見て、千《ち》早《はや》は身構える。

しかし、トリガーハッピーは何を思ったか両腕の銃口を左右の森へ向けて引き金を引いた。

不可解な行動だったが、わずかな間をおいて千《ち》早《はや》は気付く。

正面から迎え撃とうとするオールラウンダーを見たトリガーハッピーは、森の中に別の機体を隠していると勘繰ったのだ。

トリガーハッピーが横っ飛びに右へと回避行動をとる。直後、千《ち》早《はや》のメインカメラに一瞬、巨大な矢が映った。

バンッと激しい衝突音がしてメインモニターが黒く染まる。野武士が放った矢がオールラウンダーの頭部を破壊したらしい。

機体が壊されるのは織り込み済み。千《ち》早《はや》は即座に左肩のサブカメラ映像をみて周囲の状況を把握する。

「は、はやっ」

分かっていたが、トリガーハッピーの動きが速すぎる。もう格闘戦の間合いに入っていた。

トリガーハッピーの間合いから外れて野武士を狙い打ちたいが、ラグで画面に表示される景色は実際の状況のコンマ数秒前だ。もう回避行動がとれる距離ではない。

無視して野武士へ一発でも銃弾を見舞うべきだ。

下手な射撃で当たるか不安な距離だが、一か八か。千早《ちはや》が野武士へ意識を集中する直前、トリガーハッピーがオールラウンダーの横を通り抜け様、内蔵スピーカーで声をかけてくる。

「ほら、パス！」

笑った女性の声だ。

「ぱ、パスって⁉」

最初から、野武士をここに連れてきて千早《ちはや》と潰し合わせるのが目的だったのだと気付く。

何の恨みがあってこんなに迷惑ばかりかけてくるんだと泣きながら千早《ちはや》は迫ってくる野武士に向けて引き金を引く。当たったのか当たっていないのか、そもそも脅威とすら思っていないのか、野武士は走りながら弓を下ろしてタングステン刀を鞘《さや》から引き抜いた。

トリガーハッピーは観戦するつもりなのか、オールラウンダーのはるか後方で両袖に仕込んだ重機関銃を構えている。

仮にうまく野武士に対処しても、トリガーハッピーに背中から撃たれてオールラウンダーは大破するだろう。

「野武士なんかいらないのに。あっち行ってくれればいいだけなのに。なんでパスしてくるの……なんでぇ」

その瞬間、千早《ちはや》の脳裏に閃《ひらめ》きが走った。

「――あ、パスってあの紙⁉」

そういうことか、と勘違いした千早《ちはや》はオールラウンダーの操作を放棄した。

飛びつくように財布を取り、中から紙を取り出す。あの夜、酔っぱらい女が一万円と一緒に渡してきた、獅蜜寧《ししみつね》という名前らしき文字とパスワードらしき文字列が書かれた紙だ。

当然、オールラウンダーは隙だらけだ。

野武士が邪魔な障害物だとばかりにタングステン刀をオールラウンダーの右脚に叩《たた》きつける。

オールラウンダーの右脚が内側に湾曲し、ひしゃげてバキバキと嫌な音を立てた。千早《ちはや》の前のシステム画面に赤い文字列が一気に増える。

立てなくなったオールラウンダーが地面に叩《たた》き伏《ふ》せられる。バックカメラには、トリガーハッピーが野武士へ重機関銃を向ける姿が映っていた。

その瞬間、千早《ちはや》はマイクをオンにし、早口で紙に書かれたパスワードを読み上げた。

「６５ＤＹ７７ＩＮＧ！」

オールラウンダーの胴体へとタングステン刀を振り下ろそうとしていた野武士が唐突に動きを止めた。

サイドカメラにタングステン刀がドアップで映し出されている。

「と、止まった？……ふひっ」

へなへなと感圧式マットレスの上にへたり込んだ千早《ちはや》は緊張でひきつった笑い声を上げる。

直後、野武士から女性の声がした。

「──停止コードを認証しました」

停止コード。千早《ちはや》は手元の紙を見下ろす。

つまり、この紙にかかれていたのは野武士のＡＩを停止させる緊急用のパスワードだったのだろう。

なぜ、あの夜にメカメカ教導隊長がこの紙を偶然を装《よそお》って託してきたのか分からないが、千早《ちはや》はひとまず危機は去ったと胸を押さえる。

引き金に手をかけていたトリガーハッピーから、唖然《あぜん》としたような、困惑したような女性の声が聞こえてくる。

「停止コード？　なんであんたがそれを知って……」

「え？　な、なんでって」

なんでもなにも、停止コードが書かれた紙を持っているのを知っていたからパスなんて叫んだのだろうにと、千早《ちはや》は首をかしげる。

「あ、ボイスチェンジャー入れたまま……」

それで気付かなかったのかと納得しかけるも、論理的に考えるとやはりおかしい。

ひとまず、ボイスチェンジャーを切ればあの夜に連れまわした相手だと思いだすはずだ。

千早《ちはや》はオールラウンダーの制御を取り戻してボイスチェンジャーの設定を開こうとする。

そんな作業の間にも、野武士のメッセージは続いていた。

「たいちょー、停止コードなんぞ使ってんじゃねーよ、だせぇーなー。ま、この最後の勝負は私の勝ちってことで賞品は没収ね——自爆シークエンス開始しまーす」

「……は？」

「……へ？」

トリガーハッピーと千早《ちはや》のオールラウンダーが揃《そろ》って間抜けな声を出し、野武士を見る。

野武士がおもむろに右手を上げた。五本立てている指の内、人差し指をゆっくり曲げる。

あと五秒、自爆までの時間を表しているのだと気付いて、千早《ちはや》はゾッとする。

「なんでぇぇぇぇぇぇぇぇぇ!?」

脱兎《だっと》のごとく逃げ出すトリガーハッピーに助けてと手を伸ばし、脚がひしゃげた千早《ちはや》のオールラウンダーは逃げることもできず野武士の自爆に巻き込まれた。

ここに、多大な犠牲を出した野武士は最後の犠牲者と共に木《こ》っ端《ぱ》みじんになったのだった。

「ご、ごめんなさい、ごめんなさい……」

泣きながら千早《ちはや》はキーボードを打つ。当然、始末書を書くためだ。

結果から言って、依頼そのものは達成された。

観察対象も定点カメラも無事。戦闘による影響はこれから調べることになるが、千早《ちはや》が張り巡らせたワイヤー陣の効果で影響は限定的だったことは間違いない。

しかし、貸与されたオールラウンダーを木《こ》っ端《ぱ》みじんにしたのも間違いない。

部品単位で野武士と混ざってしまったからか、機体はすべてオーダーアクターに回収されている。つまり、依頼人である新界化学産業はオールラウンダー一機を丸々喪失したことになる。

いくら機体の弁償などは必要ないと依頼に書かれていても、始末書を提出するのは当然だ。求められていなくても、請け負った側としては始末書を提出して最低限の誠意は示したい。

そして願わくば、戦闘が絡《から》まない平和な依頼を発注してほしい。

「なんで、こんなことに……もう、なんでぇ……」

大破したオールラウンダーがオーダーアクターに回収されているとはいえ、戦闘を含むデータはほとんど新界化学産業に送られている。

なぜなら、依頼を受注しただけで完全に放置するアクターが稀《まれ》にいるからだ。依頼内容も緊急性が低く片手間にできるものだけあって、さぼるアクターが出てしまう。そのため、リモートで業務態度を監視するためにオールラウンダーのデータが送られているのだ。

そこで問題になるのが、トリガーハッピーとのやり取りや野武士の停止パスワードである。

千早《ちはや》は新界化学産業のオールラウンダーで、新界化学産業の監視下に置かれた状態で、立ち回っていた。

ワイヤー陣の構築や戦況の観察は問題ない。始末書にも機体を失うまでの流れとして書いていい内容だ。

だが、トリガーハッピーがあからさまに千早《ちはや》めがけて走ってきたことや、野武士を押し付けられたのは言い訳のしようがない。

「野武士の鹵《ろ》獲《かく》、断ったのに……」

灰樹山脈《はいじゅさんみゃく》でオーダーアクター代表、メカメカ教導隊長から提案された共闘は断っている。

だが、共闘を持ち掛けてくるほどなぜか千早《ちはや》を買っていたメカメカ教導隊長が故意に巻き込んできた。これは千早《ちはや》の責任だろう。

もしも、オールラウンダーを操作していたのが千早《ちはや》でなければ、巻き込まれなかった可能性がある。

「ふっへへ」

泣きたい、吐きたい、横になりたい。

千早《ちはや》からすれば完全に被害者だが、新界化学産業は絶対そう見ないだろう。

メカメカ教導隊長に「パス」と言われてパスワードを口にした戦闘記録が新界化学産業にも届いているのだから。

「……うえへ」

パスワードを口にした結果が野武士自爆。千早《ちはや》が黙っていれば、あんな爆発は起こらなかったし、オールラウンダーが木《こ》っ端《ぱ》みじんになることもなかった。

結論、千早《ちはや》以外のアクターなら無難な結果に終わっていた可能性が高い。

重くのしかかった責任に潰れそうになりながら、始末書を書いた千早《ちはや》は新界化学産業へ送信する。下手をすれば弁償しろと言われかねないが、身から出た錆《さび》だ。

「なんでぇ……」

どうしてこんなことになったのか、始末書を書き終えても分からない。

ひどい目に遭った、とカピバラぬいぐるみを抱き寄せた直後、スマホが着信を告げた。

新界化学産業からの返信にしては早すぎる。

恐る恐るスマホを手に取った。アクターズクエストのアカウントにメッセージが送られてきたらしい。

差出人はメカメカ教導隊長。

「しょ、諸悪の根源め……！」

恨みはあるが、戦っても勝てないし戦いたくもない。

メッセージにはこうあった。

『巻き込んじゃってごめん！　お詫《わ》びに、共闘してくれた時の報酬に準備していたオーダー系アクタノイドをあげるよ。機体名はジャグラー。可愛《かわい》がってあげて。追伸、パスワード、どこで知った？』

この期《ご》に及んであの夜の酔っぱらい女ではないと白を切る気かと、千早《ちはや》は脱力する。

オーダーアクターはその技術力を目当てに身柄を狙われている。そのため、メンバーは決して本名を明かさずに活動しているという。代表であるメカメカ教導隊長ならばなおさらだ。

千早《ちはや》はスマホを操作して手早くメッセージを返信した。

送信完了の文字を見届けて、千早《ちはや》はカピバラぬいぐるみに顔を埋《うず》める。

「だれか、助けて……。せめて優しくして……」

カピバラぬいぐるみだけがのほほんと平和な顔をしてくれた。

※

『お詫《わ》びはいただきます。でももう関わらないでください』

ボマーから即座に返ってきた雑でそっけないメッセージを見て、メカメカ教導隊長こと大辻《おおつじ》鷹《たか》は笑う。

「想像通りか。そっちがその気なら、こっちにもやりようはあるってもんだけど」

「どういうことです？　ボマーを味方に欲しかったんじゃ？」

仲間の質問に、大辻鷹《おおつじたか》はちっちっち、と舌を鳴らして指を振る。音声はともかくジェスチャーまではボイスチャットの向こうに届かない。

「味方にならない場合も想定しておくもんよ。ボマーに渡した『ジャグラー』ね、自衛隊の駐屯地近くにこっそり配置しといたんだよねぇ」

「うわぁ……！」

ドン引きしながらも楽しそうな反応に、やはり仲間はいいものだと大辻鷹《おおつじたか》は笑みを深める。

ボマーがパスワードを知っていた以上、高い課報能力《ちようほう》を有している。

海援重工《かいえん》やがっつり狩猟部と共闘していた様子もないため、民間人とは考えにくい。

高い課報能力《ちようほう》と戦闘能力、機体を壊すことにためらいがないのが資金力の裏返しだとすれば、自衛隊だろうと大辻鷹《おおつじたか》はあたりをつけた。

だが、自衛隊が直接介入してきたわけではない。あくまでも民間人として参戦することに意味があった。民間人同士の戦闘に自衛隊が介入すれば猛批判を受けるからだ。

もっとも、ここまではあくまでも推測。確証はない。だから、大辻鷹《おおつじたか》はジャグラーを使ってボマーへと暗にメッセージを送った。

ジャグラーを受け取ったボマーが政府関係者なら、自衛隊の索敵網をかいくぐって配置されたジャグラーから読み取るだろう。

「『オーダーアクターに喧嘩《けんか》売るなら、ジャグラーを置いたのと同じようにばれないように包囲殲滅《せんめつ》も可能だぞ』ってね」

要は脅しだ。

逆に、民間ならば自衛隊の索敵網に引っかかって政府関係者が目をつける。

「『散々暴れまわってるボマーが自衛隊駐屯地にこっそり近づいて何の用だ、こらぁ』ってね。どう転んでも、オーダーアクター相手に下手な喧嘩《けんか》は売れないってボマーもわかるでしょ。自衛隊と和解したら、政府の犬で確定。それで十分よ」

「隊長から見ても、アレって暴れ回るヤバい奴《やつ》なんすね」

「自爆上等とか普通にヤバイでしょ」

返答を聞いて、メンバーは思う。

「銃声がＡＳＭＲとか言う奴《やつ》がそれ言う？」

「爆音と銃声って違うんだよ。爆音は音なわけ。あくまでも音だから、そこに意味がないんだよ。でも銃声は声なわけ。銃それぞれに声の高さが違うし撃つ際の状況によって発する言葉も違うわけだよ。音と声の違いも分からないならそこから説明するが？」

「ヤッベ、声に出てたわ。説明という名の雑音はマイクオフでお願いします」

※

無茶苦茶をやってくれたものだと、新界化学産業の代表、能化《のうか》ココはふつふつと湧き上がる怒りを堪えていた。

あちこちの勢力から苦情や問い合わせのメールがひっきりなしに届いている。

メールの内容はどれもこれも同じ。

『貴社所有のオールラウンダーを使用していたボマーとの関係についての問い合わせ』

これぱかりだ。

ボマーが受けた依頼は任務地を完全に秘匿していた。他所《よそ》からすれば、唐突に準備万端に調えたボマーが戦場の片隅に出現したようなものだ。

しかも、新界化学産業は研究開発を行う企業であり、アクタノイドの貸出業務をやっていない。

誰だって新界化学産業がボマーの飼い主だと疑う。逆の立場なら、能化《のうか》ココも疑っていたし、取引関係の見直しも視野に入れる。

「こっちは巻き込まれただけなんですよ……！」

人手不足だった不人気な依頼に滑り込んできたボマーが即座に戦闘を始めたせいで、新界化学産業もオールラウンダー一機と信用失墜という大損害を被っている。

ボマーに対して文句の百や二百もぶつけたいところだが、それを見越したように始末書とやらがボマーから送りつけられた。その内容だけを見れば、ボマーも巻き込まれた側だ。

「タイミングも事前の状況もおかしいでしょうが！」

ボマーが執拗《しつよう》なまでに海援《かいえん》重工やがっつり狩猟部に対する妨害活動を行っていたとの情報は掴《つか》んでいる。三日間で七回というかなりのハイペースでの妨害活動だ。背後に巨大な組織でもいて複数の機体を運用しているのではないかと勘繰りたくなるその妨害活動の結果、背後の組織として新界化学産業が疑われているのだからとばっちりもいいところ。

「なんなんですか。なんの恨みがあってこんなことをするんですか……」

ボマーに文句を書いたメールを送り付けても、そのメールと共に始末書を公開されるとそれはそれで困ったことになる。ボマーは業務内容に合わせて完璧な仕事をしているのだから。

何しろ、ボマーは実質的に、土壇場《どたんば》で碌《ろく》な武装もないままオールラウンダーなどという骨董《こっとう》品《ひん》機体で戦争を終結させている。保護すべき環境を守り抜いたうえで、だ。

「おかげさまで研究だけは続けられますよ。研究だけはね！」

もう叫んで楽になりたい。能化《のうか》ココは今夜絶対に一人カラオケをキメてやろうと心に誓った。

そんな誓いをよそに、スマホが電話着信を告げる。

「厚穂《あつほ》さん？」

着信番号から、ユニゾン人機テクノロジー代表の女性社長の顔を思い出す。

あまり接点がない企業の代表だ。

能化《のうか》ココが代表を務める新界化学産業は、中小の新興企業が寄り集まったシトロサイエンスグループに属している。そのシトロサイエンスグループの代表、簾野《みすの》ショコラを介して連絡先を交換しただけの間柄なのが、厚穂《あつほ》澪《みお》だ。

企業規模からしても雲の上の人という印象でしかない。それがこのタイミングで電話をしてきた意味。

能化《のうか》ココの脳裏でボマーと厚穂《あつほ》が繋《つな》がった。淡鏡《あわかがみ》の海仮設ガレージ防衛戦だ。

「つまり、被害者の会！　もしもし、能化《のうか》ココです！」

愚痴を共有できる仲間が欲しい。せめて——せめて優しくしてほしい。

奇《く》しくもボマーと思いを共有しているとも知らず、能化《のうか》ココは厚穂《あつほ》の言葉を待った。

「ユニゾン人機テクノロジー代表、厚穂《あつほ》澪《みお》です。災難だったわね」

「……はい」

優しい。少し涙ぐんだ能化《のうか》ココの心に、厚穂《あつほ》の同情的な声が染《し》み渡《わた》る。

「ボマーに嵌《は》められたんでしょう？　実験地域のそばで戦闘を起こした戦闘系上位三勢力を相手に、観察対象や環境を守り抜いたうえで野武士を爆破、とはねぇ」

ボマーのやり口を知っている人間だからこそ通じる無茶苦茶な現実を言い当てられて、能化《のうか》ココは何度も頷《うなず》いた。

「依頼内容そのものは完璧に果たしてますけど、本当に無茶苦茶で、いろいろなところから恨みを買っていて、もう、もう……」

「気持ちは分かるけど、落ち着いて。オールラウンダーの戦闘記録もあるわよね？　公開した方がいいわ。ボマーとの関連を疑われるのはまずいでしょう？」

アクタノイド開発企業だけあって戦闘記録に考えが及んだのだろう。新界化学産業が作戦指示を出していないことが分かる証拠になりうると考えたのだ。

しかし、能化《のうか》ココはスマホを持たない左手をぎゅっと握りしめた。

「……公開できない内容なんです」

「――え？」

「ボマーはボイスチェンジャーを使って素性を完全に隠したまま、野武士の停止コードを発し、その後、野武士が自爆したんです」

「……は？　え？　停止コード、というより自爆コードを、知っていた？　ボマーが？　え？」

厚穂《あつほ》の動揺が如実《にょじつ》に伝わってくる。

ボマーがパスワードを言ったことで野武士が自爆した。そのボマーは新界化学産業のオールラウンダーを利用していた。

他所《よそ》から見れば、自爆パスワードを知るボマーが新界化学産業と繋《つな》がっているということ。今回の騒動の黒幕とみなされかねない。

そんな悪評をネットにばらまかれるわけにはいかない。まして、証拠動画である戦闘記録を新界化学産業が公表するのはそれこそ自爆に等しい。

「厚穂《あつほ》さん、証拠動画を公表したらどうなると思いますか？」

能化《のうか》ココの質問に、厚穂《あつほ》は深呼吸してから答えた。

「パスワードを知るほど野武士事件の中心にいたボマーという情報が重すぎるわ。貸出業務をやっていない上、依頼の座標も公表されていないのにピンポイントで野武士争奪戦に参加してきたボマーが新界化学産業と無関係とは思えない。最低でも、内部にボマーにつながるスパイがいる。そう、考えてしまうわね」

「そうなんです。ボマーを恨む側からすれば、新界化学産業を叩《たた》けばボマーが出てくる可能性があると、推測します」

「野武士を鹵獲《ろかく》せず、自爆させるような価値観だものね。戦闘や戦争をすることに何よりも価値を見出《みいだ》すボマーなら、新界化学産業を攻撃するだけで喜んで出てくる」

厚穂《あつほ》の推測に能化《のうか》ココは深く頷《うなず》く。

自社の潔白を晴らそうと戦闘記録を公表すれば、勘繰った勢力から「ボマーを出せや。いるのは分かっとんのやぞ、こらぁ」と袋叩《ふくろだた》きにされる。

ボマーは新界化学産業に自身を傭兵《ようへい》として売り込み、多額の契約金をせしめて戦争に参加できるという寸法だ。

ボマーはこの状況を作るために、いくつかの新界関連の特許を持っていながら新設のクランはまだ訓練中で戦力に乏しい新界化学産業に目を付けたのだろう。

「あのボマーは、野武士争奪戦でも満足していないんです」

能化《のうか》ココは涙ながらに訴える。

新界化学産業が潰れれば、ボマーの標的は別の、戦力に乏しい中小企業へと移るだろう。それを推測できる企業はいち早く手を結ぶ。

もしも、中小企業が手を結ぶことすらもボマーの計画の内ならば――

「大規模戦争が起こります。厚穂《あつほ》さんも気を付けてください」

「気を付けても無駄よ。あれほど計画的に動いているボマーなら、私たちが注意しても必ず大規模戦争を引き起こす。それなら、私たちはボマーと敵対しないという自衛手段を選ぶしかない」

あまりにも無慈悲な厚穂《あつほ》の言葉に、能化《のうか》ココは絶望する。

「目をつけられた時点で終わりってことなんですか……？」

「だからこそ、連携が必要よ。新界化学産業はボマーの計画に組み込まれてしまった。私たちユニゾン人機テクノロジーもそう。あの戦争屋の計画に抗《あらが》うには、中小企業を連合した数の力が必要になる」

「それを私に話すのは、連携してくれるということなんですか？」

世間的に、いまの新界化学産業は評判がよくない。

何しろ、国内有数の大企業である海援《かいえん》重工や国内三指の戦闘系クランがっつり狩猟部に度重なる妨害活動を仕掛けたボマーの協力者と見られているのだ。

連携すれば、ユニゾン人機テクノロジーにも疑いの目が向く。

それを知っているはずなのに、厚穂《あつほ》澪《みお》はあっさりと答えた。

「当然、連携するつもり。それとももう一つあるのよ。あなたのところの人材マニアのストッパーになってほしい」

「会長ですか……」

新界化学産業も参加する中小企業グループ、シトロサイエンスグループの代表、簾野《みすの》ショコラを思い出し、能化《のうか》ココは苦い顔をする。

悪い人物ではないが、企業としても拡大路線を取っている簾野《みすの》ショコラは人材確保に積極的だ。ボマーに興味を惹《ひ》かれ、戦力として手元に欲《ほっ》する可能性は十分にあり得る。

「ボマーは、首輪をつけようとしても爆破機能をつけてこちらに突き返すようなやつですよ」

「デスゲームモノにあるアレよね。逆らうと首が吹き飛ぶ首輪。同じ認識でほっとしたわ。シヨコラをよろしく。あの人、部下の意見には真摯に耳を傾けるから」

厚穂《あつほ》が珍しく直接連絡してきたのはこの根回しをするためかと、能化《のうか》ココは納得した。

厚穂《あつほ》が代表を務めるユニゾン人機テクノロジーは新興企業ではあるものの、シトロサイエンスグループに所属していない独立企業だ。簾野《みすの》ショコラを止めるのが難しい外部の人間だから、能化《のうか》ココに声をかけたのだろう。

それほどに、ボマーが危険だと理解しているのだ。

さらに、厚穂《あつほ》が続ける。

「ボマーの気を逸《そ》らしつつ敵対しないよう、我が社も手を打ってるわ。協力していきましょう」

決して、能化《のうか》ココだけに任せるほどボマーを軽んじているわけではないという証拠だ。

被害者の会ではなく、復讐者《ふくしゅうしゃ》の会として能化《のうか》ココを勧誘してくれているのだ。

能化《のうか》ココは全身全霊の覚悟を持って応じる。

「わが社にできることでしたら、いつでもご相談ください」

ボマーめ、いまに見ていろと、能化《のうか》ココは戦意を燃やす。

あの傍迷惑《はためいわく》なボマーに包囲網を作ってやろうと。

※

野武士が破壊されたとの情報を得て、戦場へ急いでいた伴場《ばんば》は渋い顔をする。

「あのパワハラ野郎に何を言われるやら」

八つ当たりであればニヤニヤと愛想笑《あいそわら》いをし続けて流せるのだが、戦場に間に合わなかったのは自分の落ち度になってしまう。愛想笑《あいそわら》いでも火に油を注ぐだけだろう。

想像するだけでうんざりした伴場《ばんば》は、索敵用レーダーに所属不明の機体が映っているのに気が付いた。

「あぁ、ちょうどいい的がいるな」

パワハラ角原《かどはら》の面倒な八つ当たりが待っているのだ。先にストレス解消でもしておこうかと、伴場《ばんば》は愛機、オーダー系アクタノイドEGHOを動かした。

随伴する機体が無言で付き従う。パワハラ角原《かどはら》に教育された者たちだ。自分の意見を言う自主性などとうの昔に死んでいる。

使うものとしてはありがたいAIもどきだと随伴機を評価しつつ、伴場《ばんば》は狙撃ポイントからレーダー上の所属不明機へとカメラを向けた。

EGHOのカメラに妙な機体が映りこむ。明らかに汎用機ではない。見たこともない形状の機体だ。

「なんだ？　オーダー系アクタノイドか？　お前ら、あれに見覚えのあるやつはいるか？」

随伴機を操るアクターに声をかけるが、答える者はいない。言葉を発しようともせず、ただ息をひそめるばかりだ。知らないというだけでパワハラの対象になると心得ているからこそ、彼らは無言を貫き通す。

伴場《ばんば》はズームしたカメラ映像に映る未確認の機体を観察する。

オーダー系なのは確実だが、外見からスペックがまるで分からない。単独で活動するランノイド系はまずいないので除外するとしても、何らかの特化した能力を持っている可能性が高いのがオーダー系だ。

伴場《ばんば》の操るＥＧＨＯもオーダー系。索敵と狙撃に特化している。

オーダー系同士の戦闘では、相性がモノを言う。オーダー系を仕立てるほどの優秀なアクター同士だからこそ、機体相性が如実《にょじつ》に結果に表れる。

「手を出すのはまずいな」

諦めたくはないが、伴場《ばんば》は結論付ける。

未確認のオーダー系を鹵獲《ろかく》できれば、野武士を手に入れずとも角原《かどはら》からの叱責は少なくなる。

なんだかんだで、角原《かどはら》は実力主義、成果主義だ。

だが、ＥＧＨＯを失うリスクと天秤《てんびん》にかけられない。

せめて、何か機体の情報を得られないかと未確認機体をズーム表示していた伴場《ばんば》は、レーダー上に別のアクタノイド集団を捉えた。

「お前ら、アクタノイドとの接続を今すぐ切れ！」

伴場《ばんば》の有無を言わせぬ口調に、随伴機が一斉にアクタノイドとの接続を切った。伴場《ばんば》が操るEGHOの周囲で随伴機が次々と動作を終了して沈黙する。

伴場《ばんば》もEGHOを省力モードにした。

不安に思っているだろう随伴機のアクターに話しかける。

「レーダー上に統率が取れすぎている二十機のアクタノイド部隊が映った。確実に、自衛隊だ」

機体同士の間隔が民間の集団とは全く違う。通信ラグがあるにもかかわらず機体同士の間隔も常に一定で、レーダー上の動きを見ているだけで練度の違いが浮き彫りになるほどの集団だ。そもそも、オーダー系であるEGHOの高性能レーダーでようやく気付けただけで、その姿が森に隠れたまま発見もできない。

同じように隠れ潜みながら狙撃するがっつり狩猟部でも、陣形を維持するために姿を晒《さら》す場面がある。しかし、レーダー上の二十機は森に潜んだまま機体の一部すら晒《さら》さない。

「あれが自衛隊か。さすがに本職は違う」

あれと戦って勝てるとすれば、物量で圧《お》し潰せる海援隊《かいえんたい》か個々の機体性能で優位を取れるオーダーアクターだけだろう。

実質的なワンマンチームである伴場《ばんば》と随伴機では殲滅《せんめつ》される。

自衛隊のアクタノイド部隊が所属不明の機体へと近づいていく。

動きを見定めて、伴場《ばんば》は随伴機のアクターに指示を出した。

「省力モードで可能な限り静かに撤退するぞ。急ぐなよ。発見されれば殲滅《せんめつ》されるからな」

率先して、これ見よがしにゆっくりと撤退する。手本を見せなければ、パワハラに怯《おび》えるアクターたちは縮こまって動けないからだ。

ついてくる随伴機をバックカメラで確認し、伴場《ばんば》はレーダー上の自衛隊とオーダー系アクタノイドを睨《にら》む。

「なんだ、あの機体は。政府の隠し玉か？　それにしてはデザインに遊び心がありすぎる。オーダーアクターの作か？」

推測を口にしながら、伴場《ばんば》は眉を顰《ひそ》める。

政府とオーダーアクターが協力関係になったのであれば、国会議員である角原《かどはら》が知らないはずがない。角原《かどはら》の部下である伴場《ばんば》にも知らされる重要な情報だ。

もし、角原《かどはら》が知らされていないなら、唯一新界に直接関わる国会議員としての看板に傷がつく。

「マスクガーデナーとのつながりがバレたか？」

外国の工作員マスクガーデナーと角原《かどはら》の関係を政府が知り、情報を渡さなかった可能性はある。

だが、この情報を先んじて角原《かどはら》が知ることになれば、アクタノイド製造企業の妨害をし続けるオーダーアクターと政府が協力するとは何事かと、攻撃材料にできる。つまり。新界資源庁や自衛隊に対して優位に立てる。

野武士は逃したが、この情報の価値次第ではパワハラにさらされることはないな、と伴場《ばんば》は映像を角原《かどはら》のパソコンへ直接送信した。

※

新界資源庁の庁舎の一室で、虎合《とらあい》は届いたメールに目を丸くした。

「はぁ？　自衛隊からアクターの個人情報照会？　初めて見たよ、こんなもの」

そこそこ長く新界資源庁の職員を務めている虎合《とらあい》でも記憶にない事態だ。

自分が知らないだけで過去に同じようなメールが届いたことがあるかもしれない。そう思って、過去の資料を検索してみてもヒットはゼロだ。

「参ったな、こりゃ」

虎合《とらあい》の対応が今後、同様のメールが来た際の参考にされてしまう。責任重大だ。相手が自衛隊というのも、ことなかれで生きていたい虎合《とらあい》にとっては嫌な相手。

虎合《とらあい》は自衛隊にいる何人かの知り合いの顔を思い浮かべる。新界資源庁と自衛隊の交流会で、知り合った間柄。果たすべき義理や貸しはないはずだ。相手の面子《メンツ》を潰さないで済む。

つまり、法的な手続きで対応していい。結果にかかわらず、虎合《とらあい》の出世に響かない。

メールには新界の自衛隊駐屯地近くで不審なオーダー系アクタノイドを利用していたアクターについて情報を開示するよう書かれていた。

虎合《とらあい》はコーヒーカップを片手に呆《あき》れる。

「できるわけねぇよ、そんなこと。駐屯地に入ったわけでもない一般人の情報をポンポン渡せるかって」

大金が動くアクタノイド事業関連の人間は顔バレを最も恐れる。

自宅に押しかけてきて「お前が壊したアクタノイドを弁償しろ！」なんて叫ばれたり、刃物で脅されることもありうる。因縁がなくともアクターは高給取りであり、強盗から狙われやすい。

過去には死者が出るような事件も起きているため、新界資源庁はアクターの個人情報管理を徹底しているのだ。その徹底ぶりはいっそ執念を感じるほど。

新界資源庁の職員ですらアクターの個人情報は碌《ろく》に知らされていないくらいで、正規の手続きを踏んでアクターの個人情報を開示しようとすると一か月程度は確実にかかる。

「まぁ、盗賊アクターなんて弊害もあるから良《よ》し悪《あ》しとは思うし、自衛隊が警戒する気持ちもわかるけどさぁ」

自衛隊からすれば駐屯地のすぐそばをスペックすら定《さだ》かではない未確認オーダー系が歩いていたのだ。もしも襲撃されていた場合、大スキャンダルになる。

自衛隊も案外弱いんだな、などと思われれば、ただでさえ悪い新界の治安は歯止めを失ってさらに悪化していくだろう。

虎合《とらあい》はそこまで想像して、コーヒーを一口飲んだ。

自衛隊を信用して協力したいのはやまやまだが、自分の出世と天秤《てんびん》にかけるほどでもない。犯罪者でもない一般人の情報を自衛隊とはいえ外部に流せば、虎合《とらあい》にも罰則がある。下手をしたら職を失うだろう。

誰だって自分が大事だと虎合《とらあい》はカップを机に置いて、お断りのメールを書き込む。

「悪いけど、お役所なんだよね。教えないよーんっと」

しかるべき手続きくらいは踏んでね、と書き添えて、虎合《とらあい》は次の仕事に取り掛かった。

「逮捕状でも持って来いっての」

# エピローグ

びっくりしたなぁ、と千早《ちはや》は胸を押さえた。

メインモニターには整然と森へ消えていく自衛隊のアクタノイド部隊が映っている。

いきなり森の中から声をかけられて一瞬パニックになったが、話を聞いてみれば近くに自衛隊の駐屯地があるから退去してほしいというものだった。

いきなり撃ってくるアクターばかりを見てきたが、流石《さすが》に自衛隊は紳士的だと千早《ちはや》は感動すら覚えた。

それはそれとして、自衛隊に声をかけられて心臓がバクバクとうるさく鳴っている。

「ただ貰《もら》ったモノにアクセスしただけなのに……」

タダより高い物はないとはこのことかと学びつつ、千早《ちはや》はオーダー系アクタノイド、ジャグラーを操作する。

ただ手を動かすだけでもオールラウンダーとは滑らかさが違う。何らかのシステム的な補助を受けているのか、千早《ちはや》本人の手よりも滑らかに動いている気さえする。

目線の高さからして、身長は百五十センチほど。オールラウンダーよりも小さく、千早《ちはや》の身長に近い。そのため、感覚的にも馴染《なじ》みやすい機体だ。

システム画面の項目もオールラウンダーとは比較にならない。これは使いこなすまで時間がかかりそうだ。ちゃんと説明書までシステム画面にあるのはありがたい。

「なんか、すごく動きやすい」

きょろきょろとジャグラーに周囲を見回してもらって、電波状況を確かめる。地図を見ても周囲にガレージはなく、通信ラグもパケットロスも大量発生しかねない環境だ。

しかし、ジャグラーは千早《ちはや》の操作にほぼ遅延なく反応してくれる。システム画面の電波強度も高水準だ。

「ランノイド系？」

それ自体が無線ＬＡＮの役割を持つランノイド系。それも、オーダーアクターの技術が使われた高性能型だ。

「性能を体感してもらうために、こんな田舎に置いてあるんだね」

自衛隊駐屯地の近くだったのは偶然かと、千早《ちはや》は好意的に解釈してジャグラーを歩かせる。

鏡か何かがあれば機体の全身を見ることもできたのだが、あいにくとこんな僻地《へきち》に鏡はない。どこかのガレージにたどり着いた時のお楽しみだろう。

「……あ、ダメだ」

いつも通りガレージへ帰ることを考えていた千早《ちはや》だったが、その危険性に気付いてジャグラーの足を止めた。

経験上、鹵獲《ろかく》しても高値で売りさばけるオーダー系アクタノイドは狙われやすい。独自技術が使われている分、高値で売れるのだ。

まして、この機体は新界において企業勢すらも抑えて最高峰の技術を誇るオーダーアクター製。国内最大手のアクタノイド開発企業、海援《かいえん》重工ですら欲しがる一品だ。

何処《どこ》かのガレージに預けたとして、ガレージからの出撃を待ち伏せされて遠距離狙撃を受けることもあり得る。ガレージ管理者が外にアクタノイドを伏せておけば、確実に先手を取れる。

考えなしにガレージへ預けるのも危険だ。どこかに隠し持つ必要がある。だが、千早《ちはや》にはその当てもなかった。

「うーん、どうしよう」

企業が管理しているガレージは軒並み除外だ。海援《かいえん》重工ですら野武士をめぐって派手に銃弾をばらまいていたのをついさっき目撃している。

ひとまず、政府が管轄しているガレージがいい。

「あ、だから自衛隊の駐屯地が近くにあったんだね」

なるほどなぁ、と千早《ちはや》はニコニコしつつ、ジャグラーの保管場所を探すため地図を開いた。

政府が管轄するガレージはいくつかあるが、一番近いのは和川《なごみがわ》ガレージだ。

周囲を絶えず警戒する必要もあり、千早《ちはや》の集中力が続く範囲となると選択肢が他にない。

目的地を和川《なごみがわ》ガレージに決めて、千早《ちはや》は感圧式マットレスを踏み込んだ。

即座に加速したジャグラーが自動で障害物を避けながら急加速する。

「え？」

加速力がオールラウンダーの三倍近い。しかも自動回避機能があるため、千早《ちはや》は周囲を見回して索敵する余裕すらある。

一般的に、ランノイド系は衝撃に弱い。銃器の反動ですら故障しかねない精密機械だ。アクタノイドは二足歩行のため、全力疾走すれば衝撃は足を伝わって精密機械が内蔵された胴体部分を揺らしてダメージを与える。これを避けるため、ランノイド系の速力は他のアクタノイドに比べて大きく劣るのが常識だ。

しかし、ジャグラーは明らかにオールラウンダー以上の速度を叩《たた》きだしている。

「ふっ、ふへへ……」

千早《ちはや》は確信する。これはとてつもなくいい機体だ。

――周囲全てが敵になって狙ってくるほどに。

操作しているだけで精神がゴリゴリ削られる高級品だ。

「か、かき氷、食べようかな」

現実逃避のうわごとを千早《ちはや》がつぶやく間にも、ジャグラーはオールラウンダーどころか軽ラウンダー系を置いてけぼりにする速度を叩《たた》きだし、森の中を疾走する。

激しく移り変わるメインモニターを見ているうちに、千早《ちはや》は冷静さを取り戻した。

「この子、もったいなくて、使えない……」

根っこから小市民の千早《ちはや》は貧乏性を発症し、困り顔で眉を下げた。

タダで手に入れたアクタノイドとはいえ、普段使いすると逆に戦闘を誘発しかねない貴重な機体だ。オールラウンダーの方がまだ安全だろう。

千早《ちはや》は戦いたくない。狙ってくる盗賊アクターがいるのが間違いないのなら、そもそも使わなければいいのだ。かなりもったいないが。

「お金はあるし……ガレージで寝かせておこう、かな……」

宝の持ち腐れ、猫に小判、いろいろな四字熟語が脳裏に浮かんでは消えていく。

「う、うーん、メカメカ教導隊長さん、怒らないかな？」

ジャグラーを使わなければ、それはそれでオーダーアクターの代表が怒りそうなのも気になった。せっかくプレゼントしたのに戦わせないなんて何事か、と怒鳴りこまれてはたまらない。

だが、千早《ちはや》は戦いたくない。

あれこれ考えている間に、目的地の和川《なごみがわ》ガレージが見えてくる。政府系ガレージだけあって利用者も多く、街道にはオールラウンダーを始めとした汎用機が多数行き来していた。

ただ一機のオーダー系アクタノイド、ジャグラーは注目の的だ。サブカメラでもいいだろうに、わざわざ頭のメインカメラを向けてくる機体が多い。アクターが反射的に二度見するためモーションキャプチャーで動きを読み取った機体が顔を向けているのだ。

それだけ、ジャグラーは特異な外見をしている証拠である。

「絶対、狙われる……」

普段使いはできないことが確定し、千早《ちはや》は引きつった笑みを浮かべた。

和川《なごみがわ》ガレージに入り、専用の倉庫を借り受ける申請をする。

申請が受理されるまでの間、千早《ちはや》はジャグラーの説明書を読みながら利用方法を考える。

普段使いは無理だ。倉庫に安置したい。だが、メカメカ教導隊長に怒られるのも嫌だ。

「……どうせ使わないなら、可愛《かわい》くする？」

誰の目にも留まらないよう倉庫に安置するのなら、趣味に走ったカラーリングをしても悪目立ちしない。

「うへへ、いいかも」

単なる思い付きにしてはいい案かもしれないと、千早《ちはや》は自賛する。

千早《ちはや》は引きこもりだ。可愛《かわい》い服も持ってはいるが、とてもではないが外では着れない。着こなす自信がないし、人目を集めたくない。それでも、可愛《かわい》いは正義だ。

倉庫で眠る羽目になるジャグラーは言ってしまえば引きこもり。千早《ちはや》と同じ引きこもりで、外に出ないのなら、可愛《かわい》くなってもいいじゃないか。

しかも、アクターは個人情報が厳密に保護される。ジャグラーの持ち主が千早《ちはや》だとまず分からない。ならば、リアルでは絶対にできないような可愛《かわい》さの追求もできる。

「ご、ゴシックロリータ、良《い》いよね。うぇへぇへ……」

着るなら早い方がいい、そんなジャンルだと分かっていてもリアルでは着る機会はおろか度胸がない。二の足を踏むどころか対岸から眺めるのが精いっぱい。そんなゴスロリもアクタノイドならば実現できる。

「えっと、塗料はどこで買えば？」

塗装計画を練る前に、塗料の入手方法を調べた千早《ちはや》はその難しさに「むー」と唸《うな》った。

現在、地球から新界への塗料の輸送は限定的らしい。夜間の衝突事故防止を目的とした発光塗料など実用的なものならばともかく、わざわざ除菌作業をしてまで輸送する意味がないからだ。新界にも塗料として使えるものがあることも理由である。

機体のカラーリングは現地調達での塗料が基本。ある意味、贅沢《ぜいたく》だ。

塗料の種類と材料を調べているうちに倉庫の貸出許可が下りた。

倉庫へと向かう間に、千早《ちはや》は自分のアカウントとジャグラーを紐《ひも》付けて所有権を明確にしておく。外見が似た機体の混同を防ぐためか、機体の所在地を登録する項目もあった。

「和川《なごみがわ》ガレージ、と」

他の政府系ガレージに移動する可能性もあったが、当面はこの登録地でいいだろう。千早《ちはや》は項目を埋めて登録を完了する。

千早《ちはや》は満面の笑みを浮かべる。

正式に、ジャグラーは政府系である和川《なごみがわ》ガレージに登録された。ジャグラーを強奪するためガレージの外で出待ちしようものなら、政府を敵に回すのと同じ。

いわば、千早《ちはや》のジャグラーは政府に守られているのだ。ジャグラーを狙う盗賊アクターも容易には手が出せないだろう。

「ふへへ」

不器用に不気味な笑い声を上げる千早《ちはや》は知らない。

技術保護の観点から、オーダー系アクタノイドの格納ガレージは所属勢力を表していることがほとんどなのだ。

スマホの着信音を耳にして、千早《ちはや》は首をかしげる。

手に取ったスマホ画面にはアクターズクエストのアカウントにメカメカ教導隊長からのメッセージが届いたとの知らせが出ていた。

「お礼、言っておくべき？　でも、お詫《わ》びの品だし……」

ガレージに着いたことくらいは教えるべきかなと、千早《ちはや》はメッセージを開く。

『尻尾を出したな、政府の犬め』

「……なんでぇ？」

唐突な罵声に千早《ちはや》は怯《おび》え、やっぱり怖い人だと認識を強固にした。

返信はしなかった。

## ●氷純著作リスト

「千早ちゃんの評判に深刻なエラー」（電撃文庫）
「千早ちゃんの評判に深刻なエラー2」（同）

**本書に対するご意見、ご感想をお寄せください。**

ファンレターあて先
〒102-8177　東京都千代田区富士見2-13-3
電撃文庫編集部
「氷純先生」係
「どぅーゆー先生」係




本書は書き下ろしです。

電撃文庫

# 千《ち》早《はや》ちゃんの評判《ひょうばん》に深刻《しんこく》なエラー2

氷純《ひすみ》

2024年10月10日　初版発行

発行者　山下直久
発行　株式会社KADOKAWA
〒102-8177　東京都千代田区富士見2-13-3
0570-002-301（ナビダイヤル）
装丁者　荻窪裕司（META＋MANIERA）
印刷　株式会社暁印刷
製本　株式会社暁印刷


●お問い合わせ
https://www.kadokawa.co.jp/（「お問い合わせ」へお進みください）
※内容によっては、お答えできない場合があります。
※サポートは日本国内のみとさせていただきます。
※ Japanese text only

※定価はカバーに表示してあります。


ISBN978-4-04-915653-9　C0193　Printed in Japan

電撃文庫　https://dengekibunko.jp/